# 공정거래위원회 10

2024년 4월 16일 초판 1쇄 인쇄
2024년 4월 19일 초판 1쇄 발행

**지은이** 현우
**발행인** 김관영

**기획** 박경무 강민구 임동관 조익현 최시준 신정윤
**책임편집** 백승미 금선정
**마케팅지원** 유형일 장민정

**발행처** (주)로크미디어
**출판등록** 2003년 3월 24일
**주소** 서울시 마포구 마포대로 45 일진빌딩 6층
**Tel** (02)3273-5135 **Fax** (02)3273-5134
**홈페이지** rokmedia.com  **E-mail** rokmedia@empas.com

ⓒ 현우, 2023

값 9,000원

ISBN 979-11-408-1429-9 (10권)
ISBN 979-11-408-1419-0 04810 (세트)

질 끝판왕 사망

한명그룹
김성균 본부장

현우 현대 판타지 장편소설 ⑩

공정거래

위원회

# Contents

중고차 스캔들      7

운수 좋은 날      19

마지막 중재      53

아현차 스캔들      77

자진 리콜      111

리콜 명령      155

천재지변      179

성진유업      203

대가성 입증, 포기      235

편법 처벌      249

피란지에서 생긴 일      283

-질 끝판왕 사망

한명그룹
김성균 본부

중고차 스캔들

처음 만난 판매자연합 4인방은 극강의 비주얼을 자랑했다.

근육질 몸매에 팔뚝엔 호랑이, 뱀, 명품 차 같은 문신들이 가득했기 때문이다.

보통 공식적인 자리에선 이런 부위를 팔 토시로 가리기 마련이건만, 이들은 도리어 고압적인 자세를 취했다.

꼭 자신들이 얼마나 독한 놈들인지 과시하는 것 같았다.

"민 과장님, 누차 말씀드리지만 저희는 이런 상황이 벌어지는 것 자체가 납득이 되질 않아요. 대한민국에서 가장 중소기업을 보호해 줘야 할 곳이 어디입니까? 중기청과 공정거래위원회지요?"

엔젤카 박 사장은 자리에 앉자마자 면박을 주었다.

"그런 두 곳에서 대기업의 골목 상권 침해를 묵인하다니. 저희 업계에선 대기업 청탁 소문까지 나오고 있는 실정입니다."

"박 대표님, 심정을 알지만 말씀은 좀 가려 하시죠."

"그럼 뒷말 안 나오게끔 스탠스 바로 취해 주시든가요. 우리가 지금 뭐 없는 법안 만들어 달랍니까? 중고차 시장은 지난 10년 동안 [중기적합업종]으로 선정된 사업이었고, 덕분에 여러 소상공인들이 상생할 수 있었습니다. 이거 적합업종 선정 어디서 했어요?"

"……."

민 과장은 얼굴을 붉히며 시선을 피했다.

"네. 중기청 동반성장위원회가 직접 선정한 겁니다. 한국 신차 시장은 아현이 독점했으니, 더 이상 독점하지 말라고. 근데 이제 와 대기업들에게 사업권을 주는 건 무슨 경우입니까?"

"……."

"아현이 이 시장에 진출하면 업자들 다 파산할 겁니다. 국내 차 시장도 독점했는데 중고차 독점은 더 빠르겠죠? 대관절 이게 어떻게 동반 성장입니까. 대기업 몰아주기지!"

그의 말이 끝나자 민 과장도 소리를 높였다.

"박 대표님, 그때랑 지금은 달라요. 시장 규모만 해도 3배나 성장했습니다. 근데 시장의 폭발적인 성장에 비해 서비스의 질은 나아졌습니까?"

"아무렴 많이 좋아졌죠! 그때는 조폭 낀 업체랑, 훔친 차

파는 장물아비들이 태반이었는데."*

저 소릴 저렇게 당당하게 하다니…….

"0점 맞다가 50점 맞았다고 시험 잘 본 게 아닙니다. 지난해 공정위에 신고된 강매 건수가 800여 건입니다. 깡패가 진짜 사라졌는지요?"

"뭐, 뭐요?"

"그리고 누차 지적하는 허위 매물 사례. 해마다 증가해 작년엔 4천 건으로 집계됐습니다. 저희가 여러 차례 시정해 달라 부탁했건만, 왜 업계에선 이런 사소한 것도 지켜지지 않는 겁니까?"

민 과장은 생각보다 강단 있는 사내였다. 위협적인 분위기 속에 아랑곳하지 않고 지적할 말을 다 쏟아 냈다.

"그래서 지금 중기청이 스스로 지정한 적합업종을 해제하겠다는 겁니까?"

"저희는 최대한 관여하고 싶지 않습니다. 아현이 지금 내밀고 있는 자율 조정에 임하세요."

"뭐요? 자사 차만 팔겠다는 거? 판매대수를 3만 건으로 제한하겠다는 거?"

"……업계 관계자로서 말씀드리는데 그 정도면 아현도 성의를 보인 겁니다."

"그거야 어떻게든 물꼬 좀 터 보려고 성의 보인 척한 거지. 막상 이 시장 진출하면 계속해서 요구 조건이 늘 거요. 중기청은 대기업 생리 몰라요?"

그 말만큼은 민 과장도 반박할 수 없었다.

그가 잠시 주춤하자 박 사장이 기세를 올렸다.

"거두절미하고 말씀드리겠습니다. 참 대한민국은 중소기업이 살아남기 힘든 나라예요. 지금까지 중고차 시장은 소상공인끼리 잘 성장하고 있었습니다. 물론 자잘한 문제야 있었겠죠. 하지만 자정작용으로 충분히 고칠 만합니다."

"……"

"그런데 이 상태에서 중기적합업종을 해제한다? 이건 그냥 한국 자동차 시장을 아현 공화국으로 만들겠단 거예요."

박 사장이 신호를 주자 주변 사장들도 가세했다.

"맞아요. 대기업은 막대한 자본력과 인프라로 이 시장을 단숨에 지배하겠죠. 소비자의 편익이 증가한다? 근데 독과점 시장 만들면 대기업이 언제까지 친절할까요?"

"오히려 더 시장은 퇴보할 겁니다. 이는 기업들의 독과점 폐해를 잘 아는 공정위가 더 잘 알 것으로 압니다."

준철은 내심 놀랐다.

생각보다 일리 있는 지적이 나왔기 때문이다. 지금은 공룡기업으로 성장한 빅테크들도 처음엔 공짜로 서비스를 풀었지. 그러다 시장을 장악하고 난 다음엔 날강도로 돌변했다.

아현이 막대한 자본력으로 중고차 시장을 점령한 후, 막대한 이익을 취하면? 말마따나 시장은 더 악화할 가능성도 있는 것이다.

"좋은 의견 감사합니다. 하지만 소비자들의 불만이 너무 커 이 시장을 계속 지켜볼 수는 없을 것 같네요."

준철이 처음으로 입을 떼자 사방에서 눈총이 날아들었다.

"물론 대기업이 나중에 돌변할 수도 있겠죠. 하지만 시장 진입을 원천적으로 봉쇄하는 건 바람직하지 않습니다. 무엇보다 소비자들이 대기업 진출을 바라고 있는 실정이기도 하고요."

"어째 공정위는 이미 결론을 내고 조사하는 것 같습니다?"

"공평하게 하세요! 지금 공정위가 대기업 변호인으로 왔습니까?"

"그건 제도적 보완이나 업계 자정작용으로도 충분히 해결할 수 있어요."

준철은 주눅 들지 않고 말했다.

"하면 무슨 대책이 있습니까?"

"그건……."

"제도적 보완으로 이를 어떻게 해결할 수 있는지요? 생각해 놓으신 방법이 있다면 반영토록 하겠습니다."

시끌벅적 했던 회의실이 일순간 조용해져 버렸다.

그도 그럴 것이 애초에 그런 건 존재하지 않는다. 이러한 폐단은 업계 자정 노력으로 고칠 수 없다. 시장 논리로 접근해야 도태될 업자들이 파산한다. 그렇게 자연스레 물갈이가 되겠지.

"방법이 있습니까?"

한 번 더 몰아붙이자 그들이 떽— 소리를 질렀다.

"이거 완전 편파적인 자리구먼! 공정위 말하는 본새 좀 봐. 이미 대기업 편이잖아."

"편이 아니라 진짜로 방법을 논의……."

"그게 지금 말하면 뚝 하니 나와요? 거— 기다려 보면 될 거 아니야."

황당했지만 이들의 울분을 알았기에 참았다.

"그러니까 뭐 있으십니까?"

"없어요. 됐습니까?"

"……."

"그리고 업계에 대한 얘기가 지나치게 과장되어 있는 거 아십니까?"

이번엔 민 과장이 물었다.

"과장요?"

"무슨 중고차 시장을 미친놈들 사기꾼 장터로 만들어 놨잖아. 신고된 내역들 대부분 다 허위 내역들이란 말입니다."

"허위 매물이라니요?"

"이 바닥에 카푸어가 얼마나 많은 줄 알아요? 처음엔 자기가 혹해서 이 차 소개해 달라 저 차 소개해 달라 하고 변심해서 공정위에 신고하는 사례도 많습니다."

공정거래
위원회

그걸 감안해도 4천 건은 너무 큰데?

그리 반박하고 싶었지만 준철은 참았다.

"허위 매물 같은 경우는 매년 느는 게 아니라 줄고 있어요. 그리고 강매? 세상에 여기가 무슨 쌍팔년도예요?"

"맞아! 그건 일부 몰상식한 작자들의 얘기지. 요즘은 그렇게 팔면 입소문 다 나서 손님 떨어져."

"일부의 실수를 중고차 전체의 문제로 매도하지 말아요!"

준철은 조금 어이가 없었다.

이미 신고된 내역들이 수두룩하게 있지 않은가. 이건 가감 없이 말했을 뿐이다.

"그게 없다고요? 저희가 파악한 바에 따르면, 강매는 예사였고 불법 대출까지 알선한 걸로 압니다."

"그러니까 일부의 얘기를 전체의 얘기로 매도하지 말라고!"

"증거 있어요? 최소한 저희 네 개 업체는 절대로 그런 거 안 합니다."

웹튜브만 쳐 봐도 중고차 눈탱이 맞았다는 사연이 줄을 잇는데……. 이게 대체 무슨 뻔뻔함일까?

정말로 자신들의 업장에선 철저히 지키는 걸까?

"에이, 얘기 못 하겠네! 이렇게 편파적으로 조사를 하는데 무슨 얘길 하겠어?!"

"중기청은 각오 단단히 하셔야 할 거요. 아닌 말로 우린 아직도 중기청과 아현자동차의 밀월 관계가 의심스러워!"

그들은 있는 성질 없는 성질 다 부리더니 자리를 박차고 일어났다.

이건 협박인 것이다. 대기업의 청탁이 의심되니, 자기들 뜻대로 안 되면 온갖 악성 민원을 넣겠다는……. 사실유무와 관계없이 이건 공무원에게 무척 피곤한 일이다.

"휘유……."

1시간 남짓한 짧은 회의였지만 민 과장은 이미 진이 다 빠져 버렸다.

"죄송합니다. 저쪽에서 먼저 면담을 요청해서 좀 건설적인 얘기가 오갈 줄 알았는데."

"아닙니다. 다들 밥그릇이 달려 있는 문젠데 저런 반응이 당연하죠."

민 과장은 힘없이 담배를 물었다.

진저리가 났는지 한동안 정신을 차리지 못했다.

"그나저나 진짜로 중고차 시장이 좀 나아지긴 했나 봐요? 저렇게 증거 가져와 보라 하는 거 보면."

"나아지긴요. 저 업체들 꾸준히 신고받는 업체들입니다."

"근데 어떻게 저리 당당할 수……."

"원래 저쪽 사람들이 그럽니다. 금방 들통날 일도 무조건 아니라 잡아떼고, 일단 목소리부터 높이죠."

민 과장은 하루 이틀 상대해 본 게 아니기에 저들을 이미 다 꿰고 있었다.

"근데 이 과장님은 저 의견 어떻게 생각하십니까?"

"대기업의 독과점요?"

"네."

"일리 있는 말이죠. 대기업들이 시장 진출할 때 가장 많이 쓰는 전략이니까."

시장을 독점하고 난 뒤엔 바로 가격을 올린다.

그다음부턴 경쟁자가 없으니 부르는 게 값이다.

"그렇다고 저 사람들의 논지가 완벽한 건 아니에요. 제 생각인데 중고차 시장에 자정작용을 기대하긴 힘들어 보입니다."

"제도를 개선하면 지금 시스템으로도 개선이 될까요?"

"글쎄요. 문제는 중고차 업계가 소비자들의 신뢰를 별로 신경 안 쓰는 건데 그게 될까요?"

솔직히 불가능이다.

환불 절차를 빨리해 준다, 양심 판매 하겠다 해서 이게 지켜지겠는가. 무엇보다 자동차는 상당히 전문적인 지식이 필요해서 소비자들이 당하기 너무 좋은 구조다.

일반 사람이 주행거리 조작했는지, 침수 차였는지 등을 알긴 힘들지.

결국 차를 사고 난 이후에 이를 파악하고 당국에 신고하는 건데, 이건 근본적 대처라 부르기 어렵다.

"대기업이 진출하면 최소한 그 부분은 해결될 겁니다."

물론 대기업이라고 늘 믿을 수 있는 건 아니지만 최소한 사기 강매는 막을 수 있다.

이런 간땡이 큰일을 벌이면 막대한 과징금에 영업 정지까지 때릴 수 있으니 사전에 차단할 수 있다.

게다가 이들은 업계 신뢰도에 무척 신경 쓰는 업체들.

브랜드 평판을 깎아 먹으면서까지 이런 일을 행하기 어렵다.

"굉장히 복잡한 사안인 것 같습니다."

"그러네요."

민 과장은 씁쓸하게 웃으며 말했다.

"전수조사는 어떻게 하실 계획입니까?"

"TF를 짜야 할 것 같습니다. 허위 매물, 불법 대출 알선 등 여러 가지 혐의가 많으니."

"인력이 많이 필요할 텐데, 정말 한 달 안으로 될까요?"

"해 봐야죠. 근데 저 사람들이 허위 매물 올리고, 강매했단 증거 나오면 사태가 쉽게 끝날 거 같긴 한데."

민 과장은 씁쓸하게 웃었다.

"그게 과연 쉽게 잡힐지 참……."

질 끝판왕 사망

한명그룹
김성균 본부장

운수 좋은 날

"안녕하세요, 한 과장님! 오랜만에 뵙습니다."

"그러게 이게 얼마만이야, 이 팀장. 아니, 이제 이 과장이지?"

오랜만에 만난 한유미 과장은 예전 얼굴 그대로였다.

"그러고 보니 진급하고 처음 뵙네요. 경황이 없어 이제 인사드립니다."

"시보떡이라도 돌리지 그랬어. 내가 꽃바구니라도 보냈을 텐데."

"과장님껜 겨우 떡으로 퉁치면 안 되죠. 올해의 공정인상 없었으면 이렇게 빠른 진급도 없었을 텐데."

"어머, 그럼 나 술 한잔 기대해도 되는 거야?"

"좋은 날에 제대로 모시겠습니다."

사실 지금 당장 술자리로 모시고 갈 의향도 있었다.

현재까지 파악된 중고차 업체의 허위 매물은 다 안전정보과에서 넘어 온 자료다. 그중에서 괜찮다 싶은 자료 출처는 죄다 한유미 보고서.

어쩌면 이 사건의 진짜 적임자는 불법 광고의 권위자인 그녀일지도 모른다.

"근데 자긴 안 본 새 많이 유해진 것 같다?"

"제가요?"

"응. 원래 자기는 남 앞에서 콧소리 안 내잖아. 제법 아양도 부릴 줄 알고."

"……그랬나요."

"좋은 의미야. 혈기왕성한 이 팀장도 좋았지만, 철든 이 과장도 좋네. 호호."

"사실 과장이랑 팀장은 역할이 많이 다르더군요. 아무래도 협조 요청할 일이 많아서 처세가 는 것 같습니다."

한 과장은 입술을 씰룩거리더니 돌직구를 날렸다.

"그래? 그럼 우리 바로 본론부터 얘기하자. 내가 뭐 도와주면 돼?"

"꼭 도움이 필요해서 그런 건 아닌데……."

"어머, 진짜? 다행이다. 마침 우리도 지금 인력난이었거든. 이 과장이 차출 요청하면 어쩌나 싶었는데……."

"세 팀 정도 필요합니다! 차출 좀 해 주세요."

오랜만에 봐서 잠깐 잊고 있었다. 원체 밀고 당기는 걸 싫어하는 직설적인 성격이라는 걸.

"세 팀이나? 아이고, 이건……."

"그러지 말고 좀 도와주세요. 저희가 이번에 중고차 시장 실태 조사를 해야 되는데 허위 매물 미끼 상품이 제일 많이 신고됐습니다. 안전정보과 사람이 제일 많이 필요해요."

"맘 같아선 열 팀이라도 파견해 주고 싶지. 근데 어쩌겠어. 뒷광고, PPL이 30%가량 폭증해서 우리도 죽을 맛이야. 오히려 우리야말로 종합국이 필요할 지경이라고."

어째서 그 친절하던 얼굴이 일 얘기만 나오면 싸늘하게 바뀌는 건지.

"한 팀으로 하자. 대신 내가 진짜 아끼는 에이스거든? 3인 분 아니, 족히 5인분은 할 거야."

"아무리 그래도 한 팀으론 무리……."

"막히는 거 있으면 나한테 물어봐. 내 조언은 10인분짜리야."

어지간해선 잘 안 빼는 그녀인데, 이렇게까지 말하는 걸 보면 정말 인력이 없나 보다.

"왜? 인력이 많이 필요하단 걸 보니 사건이 잘 안 풀리나 봐?"

"……예. 사실 이래저래 난항이에요."

"뭐가?"

"중고차 판매 등록 업체가 300곳이 넘더군요. 허위 매물, 강매 같은 피해 사례가 넘쳐나는데 다들 자기들 업체에선 안 한다고 우겨 대니…….''

"신고 사례를 다 소수의 무명 업체 탓으로 돌리는구나?"

"그렇습니다. 판매자연합 대표 4명을 만났는데 곧 죽어도 인정 못 하겠답니다."

한 과장이 고개를 갸웃거렸다.

"이상하다. 중고차 업계 1, 2, 3, 4등이면 절대로 강매, 허위 매물이 없지 않을 텐데?"

"모든 걸 다 고객 탓으로 돌리더군요. 그 사람들이 차 컨디션 높여서 샀다가 막상 감당 안 되니 다 업체 탓 하는 거라고."

생각보다 중고차 시장은 복잡했다.

허위 매물을 파는 딜러도 있지만, 카푸어족도 만만치 않았기 때문. 신고 사례를 들이밀면 그들은 다 고객들이 자발적으로 차를 선택한 것이라 주장했다.

사실 카푸어나 허위 딜러나 비율은 엇비슷해서 준철도 누구의 편을 들 수 없었다.

"에이— 난 또 뭐라고. 그럼 강매였다는 증거를 잡으면 되지 뭘 고민하고 있어?"

하지만 돌아온 대답은 너무 단순하고 황당했다.

"예?"

"자기가 직접 잡아. 판매자 연합 업체 네 곳에서 강매, 허위 매물이 있었단 것만 입증하면 되잖아?"

"그걸 제가 직접요? ……그보단 그냥 피해자 확보해서 저희 증언대에 세우는 게 낫지 않습니까?"

"그 소비자 믿고 조사했다가 나중에 카푸어족인 거 밝혀지면?"

"…….."

"냉정하게 말해 이 바닥엔 카푸어족 많다. 단순 변심 때문에 업체가 강매했다고 주장하는 사람도 널렸어."

준철은 조심스레 물었다.

"근데 그걸 저희가 어떻게 잡습니까?"

"사무처에 특수활동비 요청하고 직접 거래까지 해. 그 과정 자체가 다 증거로 쓰일 테니 인력 크게 필요도 없겠네."

"대신 돈이 많이 들잖습니까. 이거 한두 푼이 아닌데."

한 과장이 고개를 저었다.

"이 과장, 우리도 홈쇼핑 과장 광고, 허위 광고 잡을 때 해당 상품 다 주문하고 사. 그리고 성분 분석까지 다 하는데 그 정도 수고도 어떻게 안 들여?"

안전정보과는 공정위에서 가장 돈을 많이 쓰는 부처였다.

밍크 100%짜리 광고 상품에 모피 30%가 섞여 있단 걸 밝혀내야 하기도 했고, 고가의 화장품에서 품질 안정성이 검증되지 않았단 걸 밝혀내야 하기도 했다.

그렇게 샘플 구매에만 쓰는 돈이 1년에 30억이다.

"아닌 말로 침수 차나 주행거리 조작해서 판매한 차, 이거 어떻게 입증할 거야? 차 한 대 다 뜯어 봐야 하는데 고객차로 할 거야?"

"그건…… 그렇죠."

"깔끔하게 활동비 지원받고 세대로 해. 아니, 배 한 척도 다 까 본 사람이 왜 차 한 대에 벌벌 떨어?"

준철은 붉어진 얼굴을 감췄다. 내가 너무 날로 먹으려 했나?

사실 피해 사례를 확보해 판매자연합 대표들에게 증거를 들이밀 참이었다. 한데 한 과장 말대로 그 피해자가 실은 카푸어였을 가능성도 크다. 만약 나중 가서 진술을 번복해 버리면 낭패도 이런 낭패가 없다.

하지만 공정위가 직접 거래에 가담하면? 이 과정 자체가 하나의 증거가 되고, 업체가 어떤 부분을 속여 팔았는지 차를 뜯어서 확인도 해 볼 수 있다.

'생각해 보니 이게 제일 빠르네……'

한 과장이 웃으면서 어깨를 툭 쳤다.

"어때, 이 정도면 10인분은 했지?"

"듣고 보니 그러네요. 그럼 한 팀만 차출해 주십쇼."

"그래, 실태 조사 잘 끝내면 한잔 사. 나 아주 비싼 거 얻어먹어야겠다. 호호."

경기도 한산에 위치한 중고차 시장.

200여 개 업체가 공동 장터를 운용하고 있는 이곳은 보유 차량만 4만 대가 넘는 대한민국 중고차 1번지였다.

엔젤카 김남춘은 무려 이런 곳에서 3년째 판매왕을 달성한 전설 같은 존재였다. 그도 그럴 것이 그는 한 번 낚인 고객을 절대로 놓치지 않았다.

"안녕하세요. 저…… 그…… 800만 원짜리 밴츠가 있다고 해서 연락드렸는데요."

"어서 오십쇼. 고객님. 제가 연락 받은 김남춘 차장입니다."

"근데 진짜로 800만 원짜리 밴츠가 있나요? 이거 혹시 침수 차 아닌가요?"

"아이고— 고객님, 요즘 그렇게 장사하면 딜러들 다 감옥 가요. 하하. 인터넷에서 보신 그대로 무사고에 침수 이력 없습니다. 차주께서 급하게 내놓고 가서 저희가 싸게 매입 했죠."

오늘은 참 운이 좋은 날이었다.

허위 매물에 낚인 고객은 한눈에 봐도 어리숙한 호구 관상 이었기 때문이다. 그는 달변을 늘어놓으며 고객의 혼을 쏙 빼놓았다.

"음— 좋네요. 그럼 차 보여 주세요."

"네. 정 못 미더우시면 시승도 한번 해 보십쇼. 문제 있는 차면 핸들 잡자마자 바로 감이 오실 겁니다."

고객들은 그의 친절한 응대에 쉽게 넘어가곤 했다.

그는 흔한 중고차 딜러와 달랐다. 몸에 문신도 없었고, 근육 돼지도 아니었으며, 특유의 껄렁껄렁함도 없었다.

반듯한 양복 차림에 정돈된 머리, 그리고 금테 안경. 멀쑥한 차림은 그를 실력 좋은 영업사원처럼 보이게 만들었다.

하지만 이는 어디까지나 외관상의 얘기.

"아이고, 고객님 이거 어떡하죠? 3044번 매물은 한 시간 전에 계약이 됐다고 하네요."

"아…… 진짜요?"

"네. 뭐 워낙에 좋은 매물이다 보니 금방 빠집니다."

"하긴…… 800만 원짜리 무사고 벤츠가 흔한 건 아니니까. 그럼 다음에 다시 올게요."

그의 진짜 영업 실력은 지금부터 발휘되었다.

"대신에 비슷한 사양의 중고차가 있는데 한번 보시겠습니까?"

"비슷한 사양요?

"네. 무사고 12만 킬로 제네시스가 3천만 원에 나와 있습니다. 5만 킬로 아울링도 같은 가격이네요."

"……3천 만 원요? 아까 그 밴츠랑 가격 차이가 너무 나는데."

"그럼 그냥 가볍게 구경만 하세요. 어렵게 걸음해 주셨는데 제가 죄송해서 그럽니다."

그렇게 두 번째 미끼까지 물면 게임은 끝난 것이나 다름없었다.

"자, 그럼 저 제네스로 계약하실까요?"

"……예?"

"왜요? 차가 맘에 안 드세요?"

"아, 아니요. 차는 마음에 드는데 아무래도 예산에서 너무 벗어나다 보니…… 다음에 다시 오겠습니다."

"다음에 다시가 어디 있어요. 워낙 인기 매물이라 금방 다 팔릴 텐데. 오늘 저 두 시간 동안 고객님 모셨습니다."

"그건 차장님이 보여 주신다고……."

"그래서 제가 친절하게 응대해 드렸잖아요. 제가 고객님 맡으면서 놓쳤던 손님이 몇 명인 줄 아세요? 기왕 오신 거 계약하시죠."

그래도 손님이 주저하자 그가 전화를 들었다.

"어, 김 실장. 여기 손님 좀 응대해 드려."

뒤이어 등장한 김 실장은 우락부락한 몸매에 팔뚝에서 호랑이가 뛰어 놀고 있는 사내였다.

깍두기들까지 등장하자 사무실은 완벽한 강매 분위기였다.

"죄, 죄송하지만 살 수가 없어요. 제 현금 여력이 천만 원 정도라…….”

“천만 원이면 많으시네. 그거 선수금 박고 나머지는 다 캐피털 뚫어 드리겠습니다.”

“캐, 캐피털요?”

“뭐 차 사는 데 빚 안 내는 사람 있나요? 아까 고객님 신용 등급 1등급이라 하셨죠. 1금융권보다 조금 비싸긴 한데 연이율이 12%밖에 안 합니다.”

호구 1호는 얼굴이 하얗게 질려 버렸다.

“죄송합니다만, 제가 담이 작아서 캐피털까진 못 쓰겠습니다.”

“담이 작다라……. 김 실장, 우리 손님 담 좀 키워 드려라.”

수박만 한 팔뚝을 가진 깍두기들이 다가왔다.

“아, 아닙니다! 저 담 큽니다.”

“우리 고객님이 이제야 말이 통하시네. 김 실장, 캐피탈이랑 보험까지 싹 다 처리해서 오늘 안으로 꼭 차 인수해 드려.”

“옙! 사장님 이리로 모시겠습니다.”

“…….”

그렇게 기분 좋게 한 건이 끝났을 때 호구 2호가 등장했다.

“혹시 김남춘 차장님 계십니까? 인터넷에서 800만 원 짜리 밴츠를 보고 왔는데요.”

김남춘은 속으로 쾌재를 불렀다.

오늘은 운수가 터진 날이다.

공정거래
위원회

호구 2호는 30대 초반의 양복까지 빼입은 남자로 1호보다 더 등쳐 먹기 쉬운 관상이었다.

❧

한산 중고차 시장.

이곳은 용산의 전자 상거래 같은 상업 지구로, 업자들이 자발적으로 모인 공개 장터다.

사실 애덤 스미스의 이론대로라면 경쟁자가 많아질수록 상품의 질은 올라가고 가격은 내려가는 게 정상이건만, 여긴 국부론이 통하지 않는 시장이었다.

업자들이 상품 경쟁을 하기 위해 모인 것이 아니라, 암묵적으로 시세 담합을 하기 위해 형성한 단지였으니.

과거 용산도 비슷한 방식으로 컴퓨터를 팔았지만 인터넷이 발달하고 스마트 소비자가 늘며 뒤안길로 사라졌다.

하지만 한산 중고차 시장은 되레 인터넷 덕분에 폭발적인 성장을 했다. 허위 매물에 낚인 고객들이 끊임없이 이곳을 찾아 주었기 때문이다.

800만 원짜리 밴츠에 낚인 호구 2호도 이런 부류 중 하나였다.

세상에 어떤 미친놈이 무사고, 풀 옵션 밴츠를 800에 내놓겠나? 김 차장은 이런 부류들 등쳐 먹을 땐 죄책감도 느끼지 않았다. 요행을 바라고 온 놈이니 마음껏 벗겨 먹어도 된다.

"고객님, 혹시 다른 중고차 업체에서 알아본 매물 있으십니까?"

"아니요. 여기가 처음입니다."

"혹시 기존 차는……."

"이게 첫 차예요."

"아, 그 직업은 어떻게 되시는지요?"

"공무원이긴 합니다만 차 살 때 그런 정보까지 필요하나요?"

"죄송합니다. 차 사다 보면 대출 끼는 경우가 있어 간단한 신상 조사를 하고 있습니다."

쩔쩔매는 척했지만 속에선 환호성을 지르고 있었다.

눈탱이 치기 좋은 관상에 직업까지 확실한 남자. 이런 부류는 캐피털을 영혼까지 끌어올 수도 있다.

"대출은 안 끼고 살 거예요. 매물부터 보여 주세요."

"알겠습니다. 잠시만 기다려 주십쇼."

싹퉁 바가지 없는 놈. 나갈 땐 눈물 콧물 싹 다 빼서 보내 주마.

김남춘은 담배 두 대를 피우고 노래방 김 마담과 한참 수다를 떨다 다시 자리로 돌아왔다.

"고객님, 이거 어쩌죠. 3044호 매물은 방금 출고가 됐다네요."

"네?"

"사실 이게 워낙 인기 매물이라 저희도 전전긍긍했거든요. 아쉽게도 방금 나갔답니다."

"뭐 이런 경우가 다 있나요. 진짜로 방금 나간 거 맞아요?"

샌님처럼 생긴 놈이 의외로 공격적이다.

김남춘은 잠시 당황했지만 곧 프로의 모습으로 돌아왔다.

"저희 업계에선 빈번한 일입니다. 아니면 제가 비슷한 매물 좀 보여 드릴까요?"

호구 2호는 잠시 고민하다 말했다.

"뭐 그럽시다. 무사고 밴츠가 800에 나왔는데 안 가져가는 게 이상하지."

"생각 잘하셨습니다. 어렵게 시간 내셨는데 차라도 구경하고 가셔야죠."

"근데 비슷한 사양이란 차들은 가격대가 얼마 정도예요?"

"일단 차부터 보시죠! 가격은 또 저희가 최대한 맞춰 드릴 수 있으니 편하게 결정하세요."

ↄ

"우리 고객님은 참 운이 좋으신 것 같습니다. 5만킬로짜리 올프라겐, 이거 보통 중고 시세가 6천부터 시작이거든요? 지금 딱 5,500에 매물이 나왔네요."

"얼레리? 이 매물이 왜 아직도 안 빠졌지? 풀 옵션 아울링이 4,100에 나왔습니다. 당일 계약하시면 제가 출고 선물로 100만 원 지원해 드리겠습니다."

"아무래도 공무원이시면 외제차 끌기 부담되시죠? 14만 킬로 풀옵 제네스, 지금 딱 3천에 나왔습니다. 고객님께 딱 어울리는 차 같네요."

김남춘은 솟구치는 짜증을 억눌렀다.

매물을 보여 준 지 벌써 2시간째.

호구 2호는 생각보다 까다로운 놈이었고, 성질 머리도 있었다. 보여 주는 매물마다 시큰둥하게 반응했으며, 시승을 권유해도 단칼에 거절해 버렸다.

젊은 놈이 또 체력은 좋아서 건물을 수 바퀴나 돌았다.

'이거 진짜 차 보러 온 놈 맞아?'

왜 차가 아니라 사람을 보러 온 것 같을까.

김남춘은 호구 2호가 자꾸만 자신을 관찰하고 있는 것 같았다.

"흠- 별론데요. 다음 건 없나요."

"아니, 고객님. 좀 너무하신 거 아니에요?"

"뭐가요?"

"5만 킬로 재네스 2천이면 거접니다, 거저! 이보다 더 좋은 차를 어떻게 보여 드려요?"

김남춘은 결국 폭발하고 말았다.

공정거래
위원회

"아까 보여 줬던 건 비싸서 못 사겠다면서요. 그래서 싼 거보여 드렸잖아요. 이건 또 왜 싫은 겁니까?"

"너무 싸니까 못 사겠어요."

"네?"

"무사고 재네스가 어떻게 2천밖에 안 합니까? 더 불러도되는데 너무 싸니까 괜히 더 무섭잖아요."

김남춘은 잠시 할 말을 잃었다.

눈앞에 있는 재네스는 사실 반파된 전력이 있는 차로, 폐차시켜도 이상하지 않을 차였다.

차주가 사고를 내고 보험 처리를 하지 않아 다행히 사고이력은 남지 않았다. 엔젤카는 그것을 인수했고 주요 부품만갈아서 겨우 굴러가게끔 만든 것이다.

"이 MBW도 그래요. 최소 4천짜린데 왜 저한테만 3천에 주시는 거예요?"

"그야 고객님께서 생애 첫 차라 하시니……."

"사고 이력 속이시는 건 아니고요?"

"고객님! 요즘 세상이 어떤 세상인데, 그게 속여지겠어요?"

"왜 못 해요? 요즘 중고차 업자들은 다 사고 차량 따라다닌다던데? 보험 처리 안 시켜서 사고 기록 안 남기고, 그걸그대로 시장에 되파는 거 아닙니까?"

김남춘은 호구 2호를 한없이 노려봤다.

잘못 봤다. 이놈은 호구인 척했던 빠꾸미다.

"그래서 내가 지금 사고 차량을 무사고로 둔갑시켜서 팔았다? 증거 있어요?"

"그건 없죠. 전 사실 워셔액도 혼자서 못 가는 초짭니다. 흐흐."

"하아…… 그래서 이거 살 거예요, 안 살 거예요."

"고민 좀 해 보겠습니다. 근데 난 800만 원짜리 밴츠 보러 왔는데, 왜 다 이런 비싼 차만 보여 줘요. 아까 뭐 비슷한 거 보여 주신다면서요."

"800만 원짜리…… 하아."

"네?"

"800만 원짜리 밴츠가 어디 있어, 이 쌍놈 새끼야!"

역시나 사람 본성 나오게 하려면 약 올리는 게 최고다.

"김 실장! 바로 올라 와."

그는 어디론가 전화를 돌리곤 다시 준철을 노려봤다.

"이 새끼, 너 아까부터 계속 빈정거렸지?"

"뭡니까, 지금 고객한테 욕한 거예요?"

"그래 했다, 이 새끼야."

김남춘은 준철의 멱살을 틀어쥐었다. 헐레벌떡 뛰어 온 실장들이 말리지 않았더라면 정말 주먹으로 맞았을 것이다.

그러거나 말거나 준철은 피식 웃었다.

"그러게 왜 허위 매물로 사람을 낚아요. 800만 원짜리 밴츠는 애초에 없었죠?"

"그래, 없었다! 허위 매물로 너 같은 놈들 유인해서 차 팔아먹었다. 어쩔래?"

"그렇게 해서 얼마나 팔아먹었습니까?"

"왜? 네가 근무하는 동사무소로 잡아가려고?"

준철은 안주머니에 있는 핸드폰을 더듬었다. 녹음기는 부지런히 돌아가고 있었다.

"중고차고 나발이고 너 같은 놈한텐 차 안 팔아. 김 실장, 저 새끼 당장 끌어 내."

"예. 알겠습니다."

"사장님, 나가서 얘기합시다."

그때 준철이 계약서를 들이밀었다.

"아무리 그래도 고객한테 그래서야 쓰나. 아까 보여 준 그 마지막 차, 계약합시다."

"……뭐?"

"차장님이 오늘 나 때문에 고생 많이 하셨는데, 그냥 돌아가는 건 도리가 아니죠."

"……너 지금 뭐 하는 거야?"

"그 차 계약하자고요."

준철은 자리에 앉아 계약서를 작성했다. 상황이 어떻게 돌아가는지 몰라, 실장들 모두 어리둥절하게 있었다.

"이 차 안 파실 거예요?"

"⋯⋯당신, 지금 뭐 하자는 거야."

"제가 원래 성격이 좀 까다로워서 재고 따졌어요. 그래도 오늘 좋은 마음으로 왔는데, 계약 좀 합시다."

"진짜⋯⋯야?"

준철은 옆에 있는 계약서 한 부를 더 꺼냈다.

"두 대 계약합시다. 마지막 거랑, 그 전 거. 가격은 아까 부르신 거 그대로 받아요."

한 대 팔기도 어려운데 두 대나? 그것도 돈 한 푼 깎지 않고?

잠시 이성을 잃었던 김남춘이 번뜩 정신을 차렸다. 제기랄 실수했다. 그냥 성질은 지랄 맞지만 돈은 많은 까다로운 고객 중 하나였는데.

"지, 진짭니까?"

"내 면허증은 여기 있으니까 나머진 알아서 작성해 주세요."

"아, 예."

"미안합니다, 차장님. 이렇게 험한 꼴 보기 싫었는데."

"아, 아닙니다. 저야말로 미련했죠. 우리 오해 풀고 계약합시다."

"네, 네."

아무렴 차를 두 대씩이나 계약해 줬는데. 이 정도면 부모님의 원수도 용서할 수 있다.

공정거래
위원회

김남춘은 부리나케 서류 작업을 완성했다.

"사장님, 그럼 선수금은 어떻게 할까요?"

"제가 지금 수중에 딱 돈이 천만 원 정도 있거든요. 근데 제가 주담대를 많이 받아서 아마 1금융권은 더 이상 대출이 안 나올 거예요. 한 4천 비는데 뭐 방법 없습니까?"

김남춘은 입이 귀에 걸렸다.

"왜 없겠어요. 저희랑 거래하는 캐피털 업체가 하나 있습니다."

"그 캐피털 업체 이름이 뭐예요?"

"사실 정식 등록 업체는 아닌데 이율은 그냥 2, 3금융권과 똑같다고 보시면 됩니다. 한 12%?"

준철이 인상을 찌푸리자 급히 덧붙였다.

"근데 또 사장님께서 워낙 직장이 확실하시니 제가 잘 말씀드려 10%대로 처리해 드리겠습니다."

"흠…… 이거 진짜 캐피털 맞죠? 불법 대부 업체 아니죠?"

"아무렴요. 그건 진짜 저 믿으셔도 됩니다."

"좋습니다. 그럼 한 4천만 땡겨 주세요."

속에선 기함이 나왔다.

기준 금리 3%시대에 10%짜리 대출이라니. 심지어 지급처가 2금융권도 아니고 저축은행도 아니고 대기업 캐피털도 아니다. 캐피털이라고 간판만 내건 불법 대부 업체다.

하지만 아직 놀라기엔 일렀다.

"사장님, 그럼 선수금 1천에 대출이 4,400이니까 월부금은……."

"잠깐만요. 왜 대출이 4,400입니까? 전 4,000 받기로 했는데."

"아, 이건 수수료예요."

"수수료?"

"제가 소개해 드려서 고객님께서 대출 승인 났잖아요. 그럼 원래 수수료를 내는 겁니다."

어이가 없었다.

"그러니까 대출 알선 대가로 차장님한테 400만 원의 수수료가 들어간다는 거예요?"

"네."

그는 당당했다. 불법 대출 알선이 얼마나 큰 형량인지 모르는 모양이다.

준철은 더 이상 실랑이 하지 않고 서류를 작성했다.

"네. 그럼 끝났습니다. 고객님, 감사합니다. 김 실장, 얼른 차 가져와."

예전에 뉴스를 본 적이 있다.

아나운서가 갑자기 이제부터 이 차는 제 겁니다. 라고 했던 장면. 중고차 시장이 그러했다. 계약서가 끝나니 바로 인수다.

"차량 두 대 계약하셨는데, 한 대는 저희가 모셔다 드릴까

공정거래
위원회

요?"

"아니요. 지인이 오기로 했습니다."

그리 말하며 준철이 핸드폰을 들었다.

그렇게 통화가 끝나자 갑자기 잠복해 있던 형사들과 공무원들이 우르르 몰려들었다.

"다, 당신들 뭐야?"

당황하기도 잠시.

준철이 김남춘 앞에 공무원증을 꺼내 들었다.

"공정거래위원회에서 나왔습니다."

"어, 어디요?"

"서 팀장, 배 팀장. 지금부터 이 차 우리 거다. 기술팀한테 넘겨서 결함 조사해."

❧

엔젤카 박 사장은 사무실에 있는 집기들을 모두 집어 던졌다.

"다시 말해 봐. 뭐?"

"죄, 죄송합니다. 공정위가 고객으로 위장해 저희 차와 계약을⋯⋯."

뒷말은 다시 들을 필요도 없다.

호구 새끼를 낚았다 생각한 영업차장이 바가지를 잔뜩 씌

워 중고차를 소개했고, 허위 매물 사실도 인정해 버렸다. 그 과정에서 늘 든든하게 고객을 협박해 주던 '실장'들의 존재도 들켰으니, 강매 정황은 빼도 박도 못한다.

"사장님 문제가 한 가지 또 있습니다. 저희가 소정의 수수료를 받고 캐피탈 업체를 소개해 주는 것도 걸려서……."

"에둘러 말하지 마. 불법 대출 알선도 걸렸다는 거야?"

"예. 담당자가 자기 이름으로 직접 대출 계약을 했더군요. 이건 바로 법정 증거 자료로 쓰일 겁니다."

허위 매물, 강매, 불법 대출 알선……. 중고차 시장의 대표적 불법 행위다.

허위 매물에 낚인 고객에게 비싼 차를 보여 주고, 돈이 없으면 대출을 알선하는 것이 판매 매뉴얼로 자리 잡았을 정도다.

공정위에게 이 모든 과정을 들켰으니 영업정지는 물론 업주 형사처벌도 내려질 것이다.

"이 멍청한 새끼들!"

하지만 박 사장은 겨우 그런 사소한 것들에 화가 난 게 아니었다.

"내가 당분간 조심하랬지! 지금 중기적합업종 심사 중인데 겨우 여기서 꼬투리를 잡혀?"

허위 매물, 강매야 적발됐을 때 잠깐 조심하다 원상복귀하면 그만이다.

하지만 이를 빌미로 중기적합업종이 해제되면? 아현자동차를 시장에 들게 되며, 이로 입게 될 피해는 계산조차 되지 않는다. 공무원들의 적발보다, 대기업의 시장 진출이 훨씬 더 무서운 것이다.

"죄, 죄송합니다. 하지만 정말 저희도 몰랐습니다. 담당자가 고객으로 위장해 저희 업체를 칠 줄 알았겠습니까."

박 사장도 그 말 만큼은 동의할 수밖에 없었다.

세상에 어떤 미친 공무원이 고객으로 위장할 줄 알았겠나.

그간 공정위의 실태 조사는 적당히 허위 매물을 지적하거나, 강매 사례를 환불해 주는 등 요식 행위로 그쳐 왔다.

이렇게 작정하고 증거 자료를 수집해 가는 건 전무후무한 일이다.

"됐다. 이젠 수습하자."

그는 길게 한숨을 내쉬더니 눈을 돌렸다.

"이거 판매한 놈이 누구야."

"한산지점 김남춘 차장입니다."

"김남춘이? 그 작년까지 판매왕 달았던 놈?"

"예. 그렇습니다."

"그럼 지금 당장 인사 기록 바꿔서 판매왕 타이틀 회수해. 그리고 징계 기록 몇 개 꾸며 놔."

"……예?"

박 사장은 알아듣지 못하는 직원 때문에 짜증이 솟구쳤다.

"회사의 잘못이 아니라 개인의 잘못이라고 둘러대야 할 거 아니야! 이대로 다 죽을 거야?"

"아, 아닙니다."

"만약 공정위가 해명 요구하면, 원래부터 문제 많은 딜러였다고 둘러대. 지금부터 우린 이놈과 철저히 거리 둔다."

빤하지만 늘 먹히는 레퍼토리이기도 했다.

그간 중고차 시장은 허위 매물, 강매 등의 문제가 지적될 때마다 소수의 업체들 얘기라 핑계 대며 빠져나갔다. 이는 이번에도 유효할 것이다.

"박 사장, 이게 무슨 일이야!"

"공정위가 증거 잡아갔다는 게 사실이야?"

복잡한 얘기가 정리되어 갈 때. 판매자연합 나머지 대표들이 사무실에 들이닥쳤다.

벌겋게 상기된 얼굴을 보니 이미 사정은 전해 들은 모양이다.

박 사장은 임원들을 해산시키며 소파에 앉았다.

"뭐 이렇게 허겁지겁 왔어. 별것도 아닌 일인데."

"별것도 아니긴! 공정위가 고객으로 위장해서 엔젤카 쳤다며."

"허위 매물, 강매 정황 다 잡혔다는 게 사실이야?"

지금은 중기청과 판매자연합의 일촉즉발 상황.

이번 사건이 중기적합업종 해제란 방아쇠를 당길 수도 있

공정거래
위원회

다.

"걱정하지 마. 다 대책을 마련해 놨으니."

"대책?"

"판매한 딜러 징계 기록 꾸며서 개인의 일탈로 정리할 거야."

"그게 말이 돼? 그 친구 작년에 판매왕까지 달성한 놈 아니야. 수법이 다 들통났는데 이게 그냥 넘어가지겠어?"

"중기적합업종 해제되면 어떡할 거야!"

다른 대표들이 추궁하듯 나오자 박 사장이 불쾌감을 드러냈다.

"어째 얘기가 좀 이상하게 들리네? 이게 다 내 책임이라는 거야?"

"지금 같이 예민한 상황에 이게 어떤 의미인지 몰라?"

"그래서 자네들 지금 억울해?"

"……뭐?"

"막말로 자기 업장에서 허위 매물, 강매 안 해 본 놈 있으면 나와 봐."

"…….."

"그냥 우리가 늘 하던 대로 했고, 재수 없게 업계 1등인 우리가 걸려든 거야. 자네들이 뭐가 억울해?"

사실 이 자리에서 진짜 억울한 사람은 없다. 걸린 놈과 안 걸린 놈만 있을 뿐이지.

타 업체들 또한 똑같이 영업했고, 그 결과로 업계 2, 3, 4등 타이틀을 거머쥔 것이다.

"다들 진정 좀 하자고. 박 사장, 홍 사장이 그런 의미로 말한 건 아니야. 자기가 우리보다 영민한 구석이 있으니 무슨 대책이 있지 않을까 싶어서 해 본 말이라고."

"……."

"자네들도 그만해. 솔직히 이건 어느 업체든지 꼼짝없이 당했을 거야."

다행히 이 사장의 중재 덕분에 파행은 막을 수 있었다.

"그나저나 공정위가 고객으로 위장까지 했을 정도면 칼을 많이 갈았나 봐. 진짜 끝장을 볼 모양이라고."

"미안하게 됐다. 괜히 우리 엔젤카 때문에."

"지나간 일은 별수 없고. 뭐…… 앞으로의 일을 논의해 보자."

잠시간 침묵이 감돌았다. 하지만 고민한다고 대책이 나올 수 없는 문제다.

홍 사장은 패색이 짙은 얼굴로 말을 꺼냈다.

"돌이킬 수 없어……. 사업 시행 3년 뒤, 자사 차만 판매, 판매 대수 3만 대 제한. 그냥 여기서 타협 보자."

"뭐? 아현자동차의 중재안을 받아들이자고?"

"별수 없잖아. 더 버티다간 우리 이미지만 더 나빠질 거라고."

가장 현실적인 대책이었지만 박 사장은 코웃음만 쳤다.

"홍 사장은 언제부터 그렇게 이미지를 신경 썼대."

"현 상황에서 이게 최선이잖아. 앞으로 대기업과 경쟁해야 할 텐데 우리도 이젠 이미지 관리해야지."

"지금 와 이미지 관리하면 고객들이 퍽이나 예뻐해 주겠네."

"왜 자꾸 빈정거리는……."

"허튼소리 말고 내 말 똑바로 들어. 송충이가 뽕잎을 먹어야지 무슨 고기를 처먹어. 어차피 더 나빠질 이미지도 없다. 이제 와 관리해 봤자 소용도 없는 짓이라고."

박 사장이 목소리를 높였다.

"아현자동차를 시장에 들이는 거? 이건 이 자체로 게임 끝이야. 우리가 뭔 수로 대기업하고 경쟁해서 이겨 먹어."

"……그래서 사업 제한을 걸자는 거 아니야."

"그 제한이 언제까지 갈 거 같아? 대기업은 우리 머리 꼭 대기에 있는 놈들이야. 시장 반응 괜찮다 싶으면 판매 대수 제한 풀고, 자사 차 판매 제한도 풀겠지. 이건 시간문제야."

다들 그 말엔 아무도 반박할 수 없었다.

"만약 하더라도 제한 조건은 우리가 걸어야지."

"그럼…… 무슨 방법이라도 있어?"

"사업 시행 5년 뒤, 당연히 자사 차만 판매, 근데 연식 5년 이상 된 매물만, 그리고 판매 대수는 2만 건으로 제한. 이 정도 조건이면 응하지."

다들 사색이 됐다.

연식 5년 이상 된 차만, 그것도 1년에 2만 대밖에 못 팔게 하는 건 사실상 진출을 제한하는 것이다.

그것도 사업 시행을 5년 뒤로 미루자니.

"이건 말이 안 돼. 아현차가 바보도 아니고 이걸 들어주겠어?"

"맞아. 아현은커녕 중기청도 동의 못 할 조건이라고."

다들 난색을 표했지만 박 사장은 고집을 꺾지 않았다.

"중기청은 중고차 시장 누가 갈라 먹든 애초에 관심 없어. 가장 바라고 있는 건 이 사태의 원만한 해결이지."

"……뭐?"

"우리가 이 정도 양보하면 아현도 거부 못 해. 아예 결렬되는 것보단 나을 테니."

"그럼……. 아현이 우리 중재안에 동의할 거란 말이야?"

"당연하지. 그놈들은 중기청 눈치를 많이 보는 놈들이야. 우리가 더 박한 조건을 걸어도 일단 응할 수밖에 없어."

박 사장은 지금 그 누구보다 중기청의 눈치를 보고 있을 아현의 약점을 공략할 계획이었다.

"듣고 보니 나쁘진 않네. 제한을 걸 거면 이 정도는 해야지."

"아현의 요구 조건은 어차피 커질 텐데, 초장에 이렇게 기를 죽여 놓는 것도 나쁘지 않다."

일리 있다 생각했던지 이내 모두 동의했다.

"다들 동의하면 내가 중기청에 자율 조정 신청할게. 그게 마지막 자율 조정이 될 거야."

박 사장은 비열한 웃음을 흘렸다.

아현의 중고차 진출이라는 대세를 피할 순 없지만 이 정도면 그래도 선방한 조건이다.

❧

"과장님, 기술팀에서 차량 분석 자료 넘어왔습니다."

"벌써? 다섯 대나 될 텐데."

"사실상 껍데기만 새 차량이라 결함이 금방 파악됐다고 합니다."

"좋아. 그럼 바로 회의하자."

서 팀장의 보고에 준철이 바로 회의를 소집했다.

기술팀에 의뢰한 결함 조사가 벌써 정리된 것이다. 그래도 다섯 대인데 이렇게 빨리 파악된 걸 보면 진짜로 차량 내부 문제가 엄청났나 보다.

회의실에 도착하니 한 과장이 파견 보내 준 최 팀장이 자리를 지키고 있었다.

준철은 그에게 다가가 환한 미소를 지었다.

"최 팀장님, 저 대신 고생 많으셨습니다."

"별말씀을요. 그냥 중고차 업체 가서 차 세 대 계약하고 온 게 전분데."

차량을 두 대만 계약했다는 건 판매자연합의 오판이었다.

준철은 최 팀장에게 따로 지시해 차량 세 대를 더 계약했다. 엔젤카 차량이 아닌 2, 3, 4위 업체들 차량으로.

"말씀하신 대로 가장 싼 차량 세 대로 구입했습니다."

"강매 분위기는 없었나요?"

"뭐 그런 분위기는 없었는데 차량 결함에 대해 물어보니, 무조건 무사고 차량이라고 둘러대더군요."

최 팀장이 구입한 차량은 모두 알아주는 외제차로 연식도 2년이 넘지 않은 신형 모델들이었다.

하나같이 풀옵션에 사고 이력이 깨끗한 차들. 그 흔한 범퍼 깨짐이나 기스 자국도 없었으며, 코팅은 또 얼마나 훌륭했는지 방금 출고된 차량이라 해도 믿길 정도였다.

"대체 이런 차가 어떻게 천만 원밖에 안 하는지, 참. 만약 진짜로 무결함 차량이면 이 세 대 모두 제가 인수해 버릴까 합니다."

"하하."

"과장님도 한 대 인수하세요. 시중 시세로는 최소 3~4천짜리들입니다."

"되팔아도 2~3천이 남는군요. 이거 구미가 확 당기네요?"

"네. 고생 많이 했는데, 성과금 챙기셔야죠."

수다를 떠는 사이 기술팀 사람들이 회의실로 등장하며 곧 회의가 시작되었다.

발표를 맡은 팀장은 짧게 한숨을 쉬더니 힘주어 말했다.

"발표하기에 앞서 먼저 결론부터 말씀드리겠습니다. 차량 다섯 대 중 두 대에서 전손 이력이 확인됐고, 한 대는 침수 차란 사실이 확인됐습니다."

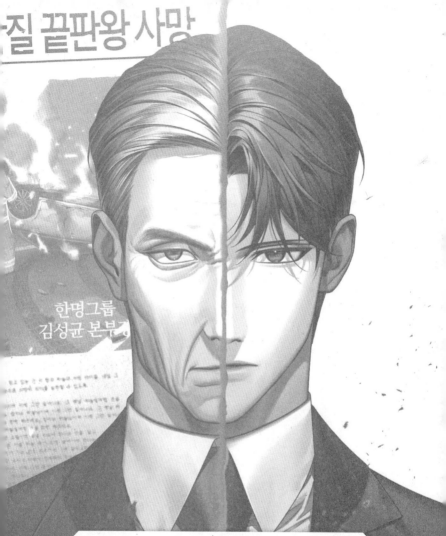

질 끝판왕 사망

한명그룹
김성균 본부장

마지막 중재

"과장님, 동반성장위원회 간사님들 지금 다 자리에 오셨다 합니다."

"벌써?"

"네. 사안이 사안인 만큼 일찍들 참석하신 것 같습니다. 자리 준비해 놓을까요?"

"음……. 그래, 나 좀 바쁘니까 주 팀장이 자리 좀 맡아 줘. 그리고 송 팀장 좀 올라 오래 그래."

민 과장은 긴장한 얼굴로 집무실을 서성였다.

오늘은 중기적합업종 심사가 열리는 당일이다.

본래 일정으론 한 달 뒤에나 열릴 계획이었지만, 판매자연 합이 시일을 재촉하여 오늘 날짜로 부랴부랴 잡힌 것이다.

'대체 꿍꿍이가 뭐야…….'

아무래도 느낌이 좋지 않다.

판매자연합은 늘 중재 날짜만 잡으면 도망 다니느라 바쁘지 않았나.

협상은커녕 협상 테이블에도 나오지 않던 놈들이다.

그런 그들이 덜컥 약속을 잡으니 속내가 의심스러워 죽을 것 같았다.

"부르셨습니까, 과장님."

"어, 송 팀장. 혹시 공정위한테 연락 온 거 없어?"

"지난번 그쪽 담당자가 고객으로 위장해 강매 증거를 잡았다고……."

"그 얘긴 나도 들었고 또 다른 건?"

"구입한 차량, 결함 조사를 한다고 들었습니다만 아직 소식은 없었습니다."

한숨이 커지는 민 과장이다.

"아직 결과가 안 나온 모양이군."

"예."

"그보다 오늘 자율 조정에 공정위 참석한다고 했지? 왜 아직까지 연락이 없냐."

"중대한 자료를 제출할 예정이라 시간보다 늦는다고 합니다."

민 과장은 속이 타들어 갔다. 대체 그 중대한 자료가 뭐라고!

오늘은 '중기적합업종' 논란에 종지부를 찍는 날이다. 협상이 벌써 다섯 차례나 결렬되며 중기청 간부들 모두 지쳐 있었다. 여섯 번째 논의에선 어느 쪽으로든 결론이 나리라는 게 대체적인 관측이었다.

공정위도 이를 의식하여 허위 매물, 강매 정황 등 증거 자료를 보여 줬지만 아직 크나큰 한 방이 없는 상태.

판매자연합은 허위 매물은 부동산에도 많다고 응수하며 투쟁을 암시했다.

"과장님, 너무 걱정하지 마십쇼. 판매자연합이 직접 중재 신청하는 건 처음이잖습니까. 저쪽도 뭐 바라는 게 있으니 자리에 나왔겠죠."

"진짜 그랬다면 우리한테 그 요구 조건을 말해 줬겠지."

"예?"

"무리한 요구 늘어놓으면서 자리 파투 낼 게 뻔해."

진짜로 대화할 의지가 있었다면 절대 이렇게 나올 수 없다. 자신들의 요구 사항은 뭔지, 무엇을 포기할 수 있는지 등을 솔직하게 말하고 절충안을 찾았을 것이다.

자율 조정회의는 물밑에서 합의된 내용을 공식적으로 선포하는 자리일 뿐이다.

"그럼 판매자연합은 아예 협상할 생각이 없는 겁니까?"

"나도 그 속을 모르겠다."

자신도 모르는 속내를 팀장이라곤 어찌 알겠나.

"송 팀장, 먼저 내려가라. 공정위에서 넘겨준 강매 증거들 빼먹지 말고 챙겨 가."

"예. 알겠습니다."

민 과장은 복잡한 머리를 털어 내며 핸드폰을 들었다.

―이 과장님, 중기청 민 과장입니다. 오늘 자율 조정 회의 2시까지인데…….

자율 조정회의는 동반위 간사 5명의 착석과 함께 시작되었다.

양측이 서로 사활을 거는 만큼 분위기는 무겁기 그지없었다.

"시작하기에 앞서 당부의 말씀드립니다. 이미 다섯 번의 회의를 겪어 본 만큼 양측이 서로의 입장을 잘 아시리라 판단합니다. 오늘은 부디 서로가 양보해, 의미 있는 결과가 나오길 기대해 봅니다……."

위원장의 기대는 초장부터 무너져 버렸다.

"그 다섯 번의 결렬이 왜 일어났을까요?"

포문을 연 건 아현차 대변인이었다.

"저희는 지금까지 판매자연합 측에 간청을 해 왔습니다.

공정거래
위원회

협상 테이블에 앉아 서로 합의점을 찾아보자고."

"……."

"마냥 대화만 요구한 게 아닙니다. 3년 뒤 시장 진출, 자사 차만 판매, 판매 대수 3만 건 제한 등 상생 방안까지 마련했습니다."

"……."

"하지만! 판매자연합은 대기업 타도만 외치며 무조건 반대하는 실정입니다. 이런 상황에 무슨 진정성 있는 대화가 이뤄질 수 있겠습니까?"

위원장은 아현차 대변인을 제지했다.

"답답한 마음은 알지만 서로 심기를 거스르는 말은 삼가세요."

"그렇다면 판매자연합에서 상생 방안을 좀 말씀해 보시길 바랍니다. 오늘 이 자리는 물밑에서 서로 협상하고 그 내용을 확인하는 자리 아닙니까?"

"……."

"사전 교류도 없이 덜컥 회의부터 열자, 이건 대화하는 시늉만 내겠다는 거죠."

동반위 간사들은 중기 편을 더 들어줘야 하는 입장이었지만 이 말만큼은 공감할 수밖에 없었다.

회의 날짜만 잡았지 양측이 아무런 교류도 없지 않았나. 아현차는 날짜가 잡히자마자 고위급 임원들을 보내 소통하려 했지만 문전박대당하기 일쑤였다.

"위원장님 저희는 한 말씀만 드리겠습니다. 소비자의 편익! 중고차 시장은 해마다 폭발적인 성장을 해 왔지만, 소비자 신뢰도는 여전히 2013년에 머물러 있습니다. 중고차 시장이 중기적합업종으로 지정된 해죠."

"……."

"이것은 시장에 자정작용이 일어날 수 없음을 증명합니다. 저희 아현차는 중고차 시장의 무너진 신뢰를 회복하는 데 힘쓰겠습니다. 시장의 폐단을 막을 수 있는 건 자율 경쟁뿐입니다."

민 과장은 슬쩍 판매자연합을 살폈다.

오늘따라 참 이상하다. 예전 같았으면 진작 말을 끊거나 자리를 박차고 일어났을 텐데. 오늘따라 이상하리만치 판매자연합이 조용했다.

입을 닫고 귀를 여는 걸 보면 혹시 타협의 여지가……?

"누가 들으면 아현차가 자선단체인 줄 알겠군요. 우리 고객들은 흉기차 안 산다고 학을 떼던데."

"뭐라고요?"

"그리고 아까 무슨 고객을 호구로 아네 마네 말씀하셨는데, 그건 아현차가 원조 아닙니까. 내수차랑 수출차가 다르다죠?"

"드, 듣자 듣자 하니까 진짜!"

"위선 그만 떨고 진솔하게 얘기합시다. 이건 고객들의 신뢰 문제가 아니에요. 대기업과 중소기업의 밥그릇 싸움일 뿐이지."

그럼 그렇지. 아주 칼을 벼르고 왔구나.

박 사장의 열변은 계속되었다.

"위원장님, 소비자의 편익 얘기가 나왔으니 저도 한 말씀 드리겠습니다."

"말씀하세요."

"아현이 진출하면 당장엔 소비자의 편익이 조금 올라간 것처럼 보일 수도 있습니다. 하지만 본디 대기업의 본성은 시장 독점했을 때 나오는 법이죠."

"……."

"무너진 신뢰? 저희를 욕하는 국민 여론? 과연 아현이 중고차 시장을 독점하고 횡포를 부릴 때도 똑같은 반응이 나올까요?"

민 과장은 살짝 감탄했다. 감정적으로만 나왔던 지난 다섯 번의 회의와 달리 오늘은 꽤 탄탄한 논리를 들고 왔다.

"더 지독했으면 지독했지 절대로 저희보다 낫다고 할 수 없을 겁니다."

"벌어지지 않은 일을 멋대로 예단하지 마세요!"

"아현이야말로 업계 자정작용이 없을 거라 예단하지 마세요. 저희 중고차 업계는 지금까지 노력해 왔고 앞으로도 노력할 겁니다. 충분히 개선할 수 있습니다."

아현차 측의 입꼬리가 올라갔다.

"그래요? 근데 박 사장님. 공정위가 실태 조사한바, 본인의 업체인 엔젤카에서 허위 매물과 강매 등의 정황이 잡혔습니다. 아주 가관이었습니다. 딜러가 불법 대출까지 알선하다니."

"네. 그래서 그 직원은 저희가 정리했습니다."

"……뭐라고요?"

"사실 그 사람은 원래부터 말썽이 많았던 직원이었거든요. 보고가 올라온 즉시 바로 해고 처리 하였습니다."

박 대표는 부랴부랴 끼워 넣은 징계 기록을 제출했다.

"또한 이번을 기회로 판매 사원 정기 교육을 실시하기로 했습니다. 미흡하지만 저희는 계속해서 이렇게 고쳐 나갈 작정입니다."

"위원장님! 이건 언 발에 오줌 누깁니다. 대표가 형사처벌 당해도 이상하지 않을 혐의인데, 직원 해고하고 끝은 말이 안 되죠."

"그러면 저희가 제안 하나 해도 되겠습니까?"

박 사장이 의외의 말을 꺼내자 회의실이 쥐 죽은 듯 고요해졌다.

제안이나 협상 같은 단어는 입 밖에도 꺼내지 않던 사람들이다. 분위기상 오늘도 파투가 날 성싶었는데 갑자기 제안이라니!

동반위 간사 5명은 기대에 찬 얼굴로 물었다.

"말씀하세요."

"거국적으로 저희도 한발 양보하겠습니다."

박 사장은 준비한 제안을 늘어놨다.

잠시 기대에 찼던 얼굴들이 바로 굳어졌다.

"그러니까 아현차의 시장 진출을 5년 뒤로 하자고요?"

"네."

"자사 차 판매……. 아니, 5년 이상 된 중고 자사 차만 판매하라고요?"

"그렇습니다. 그리고 판매 대수를 1만 건으로 제한한다면 저희도 이 협상에 응할 용의가 있습니다."

"말도 안 됩니다!"

당연하게도 아현차가 들고일어났다.

"지금 이 논의가 얼마나 지체되어 왔는데 시장 진출을 5년 뒤에나 하라니요! 5년 이상 된 차만 판매? 우린 지금 중고차 시장에 진출하겠다는 거지, 고물상에 진출하겠다는 게 아닙니다. 더군다나 판매 대수 1만 건?"

"뭐든 첫술에 배부를 순 없는 법이죠."

"숟가락에 쌀 한 톨 올려 주고선 무슨 첫술을 논해요?"

경악스러운 조건이다.

중고 매물 대다수는 출고된 지 2~3년 된 차로, 그나마 마진을 가장 많이 남길 수 있는 구간이다.

차량은 감가상각이 심해서 5년만 되도 반값 이하로 곤두박질친다.

가격이 싸면 당연히 마진도 적게 남길 수밖에 없는 구조. 게다가 판매 조건도 1만 대로 제한했다.

한마디로 마진도 적게 남는 중고차를 그것도 1만 대만 팔라고 하는 것이다.

"겨우 이 정도 양보한다고 시장 개선이 이뤄지겠습니……."

하지만 아현차 측은 강하게 반발할 수 없었다.

동반위 간사들의 표정이 심상치 않다.

이들은 판매자연합이 절충안을 먼저 제안해 줬다는 것에 큰 의의를 두고 있었다.

"부사장님, 너무 강하게 반발하면 안 될 것 같습니다."

"이러나저러나 저 사람들은 중기 쪽 편일 수밖에 없어요."

"소비자 편익 운운해 봤자 소용도 없을 것 같습니다."

우호적이지 않은 분위기에 아현차 측 관계자들이 쑥덕거렸다.

민 과장은 이 처참한 광경 앞에 망연자실했다. 이는 대형마트를 일요일에 딱 한 시간만 영업할 수 있게 해 주겠단 얘기와 다름없다. 고작 이 정도로 시장 개선이 이뤄질 리 만무하다.

"아현차 측, 이 정도면 판매자연합 측에서도 양보를 한 것으로 보입니다. 이 제안에 대해 어떻게 생각하십니까?"

덜컥.

그렇게 회의 분위기가 완전히 기울어 갈 때, 간담회장 문이 열리며 익숙한 얼굴이 들어왔다.

"늦어서 죄송합니다. 이번에 시장 실태 조사를 맡은 공정위 이준철 과장입니다."

위원장은 탐탁지 않게 준철을 훑었다.

"딱히 오실 필요는 없는데…… 중고차 실태 보고서는 이미 다 넘겨받아서."

"아직 넘기지 못한 중요 자료가 있습니다."

"중요 자료요?"

"예. 차량 결함 자료인데, 업계 실태는 저희가 생각한 것 이상으로 심각했습니다."

❧

소비자분쟁원 기술팀 김무석 과장은 그날도 평범한 하루를 보내고 있었다.

"자동차 결함 조사? 다섯 대나?"

이런 무지막지한 요구가 있기 전까진.

"네. 지금 종합국에서 중고차 시장 실태 조사에 들어갔다 하는데, 다섯 대를 직접 구입한 모양입니다."

"종합국이면 그 사고뭉치 과장 말인가."

"네. 이준철 과장이 의뢰했습니다."

벌써부터 골치가 아팠다. 종합국에서 유례없는 특활비를 요청했다는 소식은 이미 공정위에 파다하게 퍼진 터였다.

적당히 한두 대 구입하겠거니 했는데, 무려 다섯 대였을 줄이야!

"소문대로 진짜 일을 만들어서 하는 타입이네."

"누가 아니랍니까. 이거 어차피 중기청에서 의뢰한 일인데 적당히 하는 시늉이나 하지."

"그래서 뭘 조사해 달라는 거야?"

"차량의 종합적인 문제 파악을 요청했습니다."

"토탈 정비? 이거 다 뜯어보려면 시간이 좀 걸리는데."

"한 달 안으로 부탁한다는데……."

어이가 없었다. 자동차가 무슨 리어카인 줄 아나.

현대 문명의 집약체인 자동차는 핵심 부품만 30종이 넘는다.

만약 신차 결함이면 그냥 문제 되는 부품을 모조리 다 보고 해도 되지만, 이건 중고차 결함 아닌가.

문제 된 부품이 마모에 의한 것인지, 속여 판 것인지 파악하려면 반년도 부족하다 할 수 있었다.

"다섯 대 결함 조사를 어떻게 한 달 안으로 끝내? 못해도 세 달이다. 재촉하지 말라 그래."

지극히 상식적이고 당연한 지시였지만, 이는 일주일 만에 반전되었다.

"……과장님, 이거 중고차가 아니라 거의 리어카 수준인데요."

"뭐?"

"차 껍데기만 벗겨 보니 그냥 결함투성이였습니다."

종합국이 의뢰한 차량들은 굴러가는 게 신기할 정도였다.

무사고를 자랑했던 차에선 모터가 찌그러진 흔적이 발견됐고, 루미놀 테스트를 거치니 운전석에선 소량의 혈흔이 검출되었다.

"이건 명백한 사고 이력입니다. 아마 차주가 보험 처리 안 시키고 바로 중고차로 인계한 것 같습니다. 근데 더 큰 문제는……."

사후 처리 또한 엉망이었다는 것.

사고 과정에서 손상된 브레이크가 결함 상태 그대로였고, 주유관에선 소량의 누유까지 검출되었다.

"그리고 3번 차량은 침수 이력을 속인 것 같습니다. 모터 쪽에서 물 자국이 발견됐고, 중심부에 흙모래 잔해가 그대로 남아 있었습니다."

고객이 이 차를 진짜 인수했더라면 어땠을까?

잔고장에 시달리다 부품 교체했으면 그나마 다행인 일이다. 자칫하면 도로 위에서 매드맥스가 펼쳐질 수도 있었다.

"아니, 이 정신 나간 놈들이…… 진짜 이딴 걸 팔았어?"

"네. 그야말로 굴러만 갈 수 있는 차였습니다. 껍데기만 새 걸로 바꿨어요."

"이 정도 결함이면 환불이 아니라 고객한테 소송도 당했을 겁니다."

중고차 업계의 악명은 익히 들었다만 이 정도였을 줄이야.

결함 조사는 더 진행할 것도 말 것도 없었다. 중고차 업계의 명백한 고객 기만이었다.

김무석 과장이 혀를 내두르고 있을 때, 한 팀장이 조심히 덧붙였다.

"그리고 과장님, 이건 본 사건과 관련은 없는데 차량 조사를 하며 알게 된 사실이 있거든요."

"뭐?"

"이 자료를 한번 봐 주세요."

서류를 집은 과장은 화등잔만 하게 눈이 커졌다.

"이건 중고차 결함 문제보다 더 심각한 문제네."

"예. 어쩌면 이번 사건보다 더 커질 수 있는데……."

김무석 과장은 고개를 저었다.

"일단 눈앞에 있는 과제부터 해치우자. 지금 우리 이거까지 감당 못 해."

"아, 예."

"김 팀장, 차량 결함 보고서에 그냥 다 기입해. 침수 차 이력, 사고 이력 전부 다."

"알겠습니다."

"그리고 우리한테 신고된 중고차 분쟁 사례 전부 추산해
봐. 종합국에 있는 사실 그대로 보고해 주자."

ↄ

준철은 기술팀에서 받은 소견을 있는 그대로 발표했다.

차가 전손된 이력, 침수 차 이력들이 구체적인 사진까지
첨부되어 발표, 아니 폭로되고 있었다.

"저희 기술팀 소견으로 중고차가 아니라 거의 리어카였다
고 합니다."

발표는 그 한마디로 정리될 수 있었다.

예기치 못한 사태에 판매자연합 모두 당황한 얼굴이 되었
다. 하지만 가장 크게 당황한 건 동반위원회 간사들이었다.

중립을 표방한다만 사실은 중기 쪽 편을 더 들어줄 수밖에
없는 이들 아닌가.

방금 판매자연합이 제시한 말도 안 되는 조건도 어지간해
선 들어줄 참이었다.

하지만 준철의 폭로 앞에 그럴 마음이 싹 가시고 말았다.

이게 만약 큰 사고로 이어졌다면 중기를 두둔하던 그들도
이 책임에서 자유로울 수 없었다.

"말도 안 돼. 이건 억지야."

분위기가 심상치 않자 판매자연합이 들고일어났다.

"공정위는 왜 자꾸 편파적인 거요?"

"편파요?"

"소수의 양심 없는 업자들 문제를 가지고 왜 중고차 시장 전체를 매도하느냔 말입니다!

"우린 저 발표 인정할 수 없어요!"

준철은 피식 웃었다. 그러곤 절대로 부정할 수 없는 자료를 내밀었다.

"이게 해당 차량 계약서들입니다. 한번 읽어 보시겠어요?"

판매자연합은 아연실색했다.

문제 차량이 바로 이 자리를 지키고 있던 업체들 네 곳에서 구입한 차량들이었다.

"아, 아니, 사 간 건 두 대였는데……."

"저희 팀 다른 조사관이 세 대를 더 구매했습니다. 결과는 이렇고요."

민 과장은 이 기회를 놓치지 않았다.

"이 과장님, 이 차량 결함이 얼마나 심각한 겁니까?"

"기술팀 소견으론 음주 운전 차량이나 다를 바 없답니다."

"그렇다면 여기에 대한 법적 처벌은요?"

"사실 이 정도면 형사처벌감이죠. 저희 공정위가 각 업장에게 업무 정지 아니, 업장 폐쇄를 명해도 이상하지 않을 정돕니다."

허위 매물, 강매, 차량 이력 속이기. 이건 판매가 아니라 사기다.

"사실 저희가 업장 폐쇄 명령을 안 내려도 될 겁니다. 이 사실이 그대로 보도를 타면 소비자들 사이에서 자발적인 불매운동이 벌어질 겁니다."

위원장은 고개를 돌렸다.

"판매자 연합, 여기에 대해서 할 말 있습니까?"

늘 당당하던 이들이 처음으로 입을 열지 못했다.

공정위 말대로 이 사실이 언론에 폭로되면 자발적인 불매운동이 일어날 거다.

아현차의 시장 진출을 반기는 여론만 더 커지겠지.

"시장에서 자정작용이 일어날 거라 했죠."

"……."

"정말로 자정작용을 할 수 있습니까?"

"……."

여전히 묵묵부답.

위원장은 한동안 이들을 바라보더니 반대편으로 눈길을 돌렸다.

"아현차 측."

"예!"

"중고차 진출 요건이 뭐라고요?"

"이전과 같습니다. 3년 뒤 사업 시행, 자사 차만 판매, 그리고 판매대수 3만 건으로 제한입니다."

위원장은 다시 고개를 돌려 물었다.

"판매자연합에 마지막으로 묻겠습니다. 아현 측 요구에 응할 용의가 있습니까?"

[속보 - 아현차 중고차 시장 진출]
[양측 마지막 중재에서 대타협]

회의 결과는 주가 공시에서 곧 바로 확인할 수 있었다.

중기청은 혹시 모를 반발에 대비해 '중기적합업종 해제'를 공식 발표하진 않았지만, 아현차를 시장에 들이며 사실상 적합업종 해제를 시사했다.

많은 우여곡절이 있었지만 그래도 '대타협'으로 끝났다.

공정위도 이 과정에서 있었던 뒷얘기를 삼가며 타협안에 박수를 보내 주었다.

[아현차 新시장 열리나?]
[10년 동안 묶여 있던 중기적합 업종 사실상 해제]
[3년 후부터 정식 판매 개시]

공정거래
위원회

[중기청, 결국 소비자 불만 이기지 못했나?]

뭐니 뭐니 해도 이 대타협의 가장 큰 수혜자는 아현차였
다.

아현은 새로운 성장 동력을 얻었단 평가와 함께 주가가 단
숨에 상한가로 직행했다.

−가즈아! 50조짜리 중고차 시장!

−국민차 아현의 무궁한 발전을 기원합니다. − 주주일동 ^__^

−홍상기 부회장이 드디어 한 건 했다.

−그간 아버지 그늘에 감춰져 기도 못 폈는데.

−○○ 리더십 제대로 증명함. 솔직히 중기청이 어지간해선 절대 적합
업종 해제 안 하는데, 뚝심으로 밀어붙인 거.

−맞아~ 다섯 번이나 결렬된 거 뚝심 없었으면 나가리였제~

−솔직히 홍상기가 잘한 거냐? ㅋ 중고차 업계가 그만큼 썩어서 중기
청이 소비자 반발 의식한 거지.

−그거나 저거나.

대기업이라면 학을 떼던 네티즌들이 모처럼 한마음이 됐
다.

−그럼 이제 중고차 믿고 살 수 있겠지?

아현차 정도면 고객 뒤통수 못 칠 거 아니야.

─그건 아직 두고 봐야 함;; 타협안이 자사 차만 파는 조건이고 그것도 연 판매대수 3만 건임. 사업 시행도 3년 뒤랬나.

─그거야 시장 반응 괜찮으면 계속 늘려가겠지~ 솔직히 10년만 있으면 아현이 시장 평정한다.

─여러분 아현차 주식은 오늘이 가장 싼 겁니다. 50조 시장 장악하면 그땐 돈 주고도 못 사요.

─미친놈 주식을 왜 돈 주고도 못 사냐ㅋㅋ

─눈치 챙겨. 오늘은 뻘소리 해도 되는 날이야.

"고생 많으셨습니다, 이 과장님."

다시 만난 민 과장은 한시름 돌린 듯 얼굴이 밝았다.

"이거 괜히 저희가 늦어서 피해 보진 않을지 걱정했습니다."

"늦기는요. 필요한 순간에 정확하게 와 주셨는데."

"근데 민 과장님은 정말 괜찮으신 겁니까. 입지가 난감하실 텐데."

공정위는 본연의 역할이 소비자 편익이니, 이 결과가 만족스러웠다. 하지만 민 과장은 중기청인 만큼 입지가 난감할 텐데.

"뭐 여러 곳에서 눈치 따갑게 받지만 어쩌겠어요. 이게 옳은 일인데. 조직 논리를 벗어나긴 했지만 네티즌들 반응을 보니 오히려 자부심이 드네요."

준철은 존경심이 들었다.

이런 공무원 정말 몇 안 되는데.

"뭐 앞으로 조심할 건 해야죠. 아현이 시장 독점하고 나면 돌변할 수도 있다는 주장엔 동의합니다. 저희는 이 부분을 감시하려고요."

그는 준철에게 손을 내밀었다.

"앞으로 공정위도 많이 도와주세요."

"……예, 뭐. 저도 잘 부탁드립니다."

"이런. 제가 오늘 정리해야 될 일이 많네요. 이 과장님, 나중에 제가 근사한 곳에서 술 한잔 사겠습니다."

"네. 연락 기다리고 있겠습니다."

그렇게 그를 떠나보낸 뒤.

준철은 인터넷 뉴스를 살폈다.


-아현차가 한국 중고차 시장을 살린다!


찬사 일색인 댓글들에 한숨이 나왔다. 좋은 결과가 나왔지만 사실 오늘은 준철에게 웃을 수 없는 날이었다.

생각을 정리하고 있을 때, 김무석 과장에게서 메시지가 한

통 왔다.

　-이 과장님, 좋은 날 이런 소식 전해서 유감입니다. 근데 아현차 그 차량…… 리콜 명령해야 될 것 같은데요.

질 끝판왕 사망

한명그룹
김성균 본부장

아현차 스캔들

**[홍상기 부회장의 집념, 10년의 폐단을 끊다]**

**[5전6기, 홍 부회장이 적극 지시한 것으로 알려져]**

주가가 연일 고공행진하며 아현차에선 즐거운 비명이 튀어나왔다. 언론은 현 사태를 소비자의 승리라 평가하며 중고차 시장 신뢰도가 크게 향상될 것이라 전망했다.

하지만 거기엔 좀 다른 생각을 가진 이도 있었으니.

"이건 우리 아현차의 승리야. 웃기는군. 골목 상권 박살 낼 거라고 떠들어 댈 땐 언제고."

바로 이 사태의 총책임자인 홍상기 부회장이었다.

"언론사야 늘 이기는 놈 편이죠."

"축하드립니다, 부회장님. 아직 진출도 안 했는데 벌써 주가 반응이 심상치 않습니다."

"이건 집념 하나로 여기까지 끌고 온 부회장님 공입니다."

임원들이 용비어천가를 부르자 부회장 얼굴에도 웃음이 번졌다.

사실 그는 현 상황에 잔뜩 고무되어 있었다.

고령의 아버지 회장이 명예회장으로 은퇴한 지 5년.

후계구도를 이어 받은 그는 오랫동안 성장 동력을 고민하고 있었다.

중저가 이미지를 탈피하려 프리미엄 세단을 따로 독립시켰고, 이것이 호평을 얻으며 최근엔 독3사와 자주 비교되곤 했다.

그 결과 아현차는 경이적인 국내 점유율을 달성했지만, 인구 5천만의 내수 벽은 너무 큰 것이었다.

생산 단가를 내리자니 강성 노조가 버티고 있고…… 기술력을 더 높이자니 갈 길이 구만 리…… 새로운 시장…… 새로운 시장이 필요해.

그러던 차에 눈에 들어온 것이 바로 중고차 시장이었다.

사실 그는 중고차 시장의 실태를 파악하곤 밤잠을 이루지 못했다.

업자들 태반이 다 고객들 등쳐 먹는 데 혈안이지 않나.

깃발만 꽂으면 곧 시장을 평정할 수 있을 것 같았고, 그에 대한 가장 큰 걸림돌을 치웠다.

이제 3년만 있으면 아현차도 간판을 달고 정식 영업할 수 있다. 시장 독점은 시간문제나 다름없었다.

"너무들 자축하지 마. 지금 이 조건이 완승은 아니야."

홍상기는 냉정한 얼굴이었다.

"우리 시장 진출은 3년 뒤지?"

"예. 그렇습니다."

"그것도 자사차 판매만 가능한 거고, 연 판매대수는 3만 건?"

"네. 하지만 소비자 신뢰가 커지면 이 조건은 계속해서 상향시킬 수 있습니다. 최장 10년 안에는 완전 자율 영업으로 바꿀 수 있습니다."

인수합병을 거듭하며 국내 독점 기업이 된 아현차다.

중고차 시장이 완전 개방되면 시장독점은 시간문제다.

"꼭 이 상무 말대로 됐으면 좋겠군. 그럼 내가 우리 퇴직한 임원들한테 중고차 시장 전부 맡겨 버릴 텐데."

"죽을 때까지 회사에 뼈를 묻겠습니다. 하하."

오고 가는 덕담에 홍상기 얼굴에도 웃음이 번졌다.

복잡한 얘긴 나중으로 미뤄도 늦지 않다. 오늘 하루는 마음껏 자축해도 되는 날이다.

"부회장님…… 근데 아직 속단하긴 이릅니다."

하지만 이때 한 사내가 산통을 깼다.

"비록 새 시장을 개척했다고는 하나 본질적으로 저희의 기술력이 향상된 건 아니니……."

"왜? X9에 또 문제가 생겼나?"

"예. 출시된 지 6개월밖에 지나지 않았는데 결함 보고가 계속되고 있습니다. 얼마 전엔 급발진 사례까지 보고되어 고객들이 대책위를 꾸렸다고 합니다."

그 말에 임원들 모두 얼굴이 어두워졌다.

X9은 6개월 전 출시된 아현차의 야심작이었다.

사실 야심작이라기엔 부끄러운 감이 있다. 소형 SUV시장이 급부상하자 기존 대형 SUV 모델을 크기만 줄여 2년 만에 출시해 버렸으니.

기능과 편의는 대형 모델에 맞춰 설계되어 있는데 이걸 크기만 줄였으니 부작용이 심했다.

출시 일주일 만에 용접 불량, 에어백 불량, 안전벨트 미작동 같은 사례가 접수되었고 최근엔 급발진 같은 중대 결함까지 보고되었다.

"박 전무, 그 얘길 꼭 오늘 같은 날 해야 돼?"

"신차 출시할 때 결함 보고는 늘 있는 일이잖아."

"부족한 점은 잘 새겨듣고 내년에 업그레이드 출시하란 말이야."

임원들은 박 전무를 타박했다.

오늘같이 좋은 날 왜 꼭 산통을 깨는 건지.

공정거래
위원회

"우리가 가진 광역 서비스 센터는 뒀다 어디 써먹어? 사소한 오작동은 그냥 서비스 센터 이용하라 그래."

부회장도 불편한 기색으로 박 전무를 쏘아봤다.

하지만 박 전무는 고집을 죽이지 않았다.

"그 정도로 끝날 만한 사안이 아닙니다. 당장 출고 중단을 검토해 봐야 합니다."

"뭐야?"

"급발진까지 보고될 정도면 차량 결함이 심각한 상태라는 겁니다. 아직 출시된 지 얼마 되지 않았으니……."

"진짜 미친 소리 하고 있네! 출고 중단이 무슨 의미인지 몰라? 그러면 기존 고객들의 환불 요청으로 이어질 수도 있어. 여기서 나오는 손해는 어떻게 감당하게."

"……문제점을 인식하고 계속 출고하는 건 더 큰 문제입니다. 만약 당국이 리콜 명령이라도 내리면 더 큰 손해가 발생할 겁니다."

"그만–"

회의가 더 격화될 조짐을 보이자 부회장이 입을 열었다.

"회사를 생각하는 박 전무의 충정은 이해해. 말마따라 리콜 명령은 더 큰 손해가 될 테니까."

"……."

"근데 박 전무, 당국의 리콜 명령은 쉽게 떨어지는 결정이 아니야. 자네는 X9이 정말로 그 정도 결함 덩어리라고 봐?"

박 전무는 입을 열 수 없었다.

신차 결함 문제는 아현차에게 꼬리표처럼 따라다니는 고질적 문제였다. 이에 국토부가 몇 번 리콜 권유를 한 사례는 있지만 명령까지 이어진 적은 없었다.

"자네가 생각해도 리콜 명령은 너무 갔지?"

"……예."

"다른 임원들 말대로 출고 중단은 피해가 너무 커. 잘 타고 다니는 고객들의 불안감까지 키울 수 있다고."

"……."

"그래도 박 전무 말은 내 새겨듣지. 당분간 결함 보고 있으면 모두 무상으로 수리해 줘. 내가 양보할 수 있는 건 딱 여기까지야."

부회장은 고개를 돌렸다.

"다른 임원들도 모두 기분 풀지. 오늘같이 좋은 날 꼭 인상 쓸 필요 있나."

"죄송합니다."

"오늘은 마음껏 자축하자고. 이 얘긴 나중에 정기 회의 때 다시 하도록 하자."

그 말에 다른 임원들은 엉거주춤 웃음을 지었다.

하지만 박 전무는 가식적인 미소도 띄울 수 없었다. 기술 책임자이자인 그는 누구보다 현실의 심각함을 알고 있었다.

이는 한 시가 급한 일이라는 걸.

공정거래
위원회

첩보전을 방불케 한 사건이 끝났지만 준철은 여유를 만끽할 세 없었다.

소비자분쟁원으로 향한 준철은 바로 김무석 과장을 만났다. 불안하게스리 그의 표정은 무척 어두웠다.

"사건은 잘 마무리하셨나요?"

"네. 덕분에요. 중기청에서 적합업종 해제했습니다. 3년 후부터 아현이 정식 시장 진출할 것 같네요."

"에휴……. 그놈들 시장 진출시킨 게 잘한 일인지 모르겠습니다."

김무석 과장의 눈빛이 흔들렸다. 상황이 매우 심각한 모양이다.

"그건 그거고, 이건 이거죠. 근데 많이 심각한가요?"

"네. 먼저 이 자료를 봐주십쇼."

그가 건넨 보고서엔 한 차량에 대한 정보가 담겨 있었다.

"지난번에 이 과장님께서 차량 다섯 대의 결함 조사를 요청하셨잖아요. 중고차."

"네."

"그중 한 대가 최근 아현에서 출시한 이 X9이란 모델이었습니다."

준철이 고개를 갸웃했다.

"어? 이건 결함 차 아니지 않았나요?"

"네. 결함 차는 아니었죠. 더 정확히 말해 사고 이력은 없
는 차였죠."

"하면……."

"출고 때부터 하자가 있었던 그냥 불량 차였습니다."

정밀 검사를 맡은 기술팀은 경악했다. 사고 이력이 없는
차량에서 사고 차 이상의 하자가 발견된 것이다.

용접 불량부터 시작해서, 안전벨트, 에어백까지 없는 결함
이 없었다.

"솔직히 안전성 면에 있어선 사고 차량이 더 튼튼하지 않
았을까 싶었습니다."

"……그 정도인가요."

그는 고개를 끄덕이며 한 사진을 보여 줬다.

"이 사진이 X9 고압연료펌프입니다. 근데 내구성이 얼마
나 엉망인지 연료가 누유된 흔적이 나왔습니다."

"그러면 어떻게 되는 겁니까?"

"자동차 시동이 갑자기 꺼져 버리죠. 고속도로였다면 최소
사망 사고로 이어졌을 겁니다."

듣기만 해도 온몸에 소름이 돋았다.

"그리고 이 전자제어 유압 장치 보이세요?"

"네."

그가 준비한 다음 사진은 한눈에 봐도 낡아 보이는 부품이

었다.

"보시는 바와 같이 부품이 마모돼 합선 위험이 있습니다. 이 부품이 합선되면 차량이 순식간에 타 버립니다. 근데 이게 무슨 전기차라서 쓰이는 장치가 아니라 차량 반도체 쓰는 차량엔 다 있는 장치거든요."

"그럼 X9뿐 아니라……."

"아현차 다른 기종에도 같은 결함이 있을 가능성 크겠죠."

준철은 미간을 짚었다.

그건 그거고 이건 이거다……라고 생각하려 했지만 이는 생각보다 심각하지 않은가.

중고차 논란에선 본의 아니게 아현차 입장을 편들었다만, 지금은 그런 자신이 다 후회스러울 정도였다.

"근데 이게 한 차량에서 다 발견될 수 있는 결함인가요."

"솔직히 저희도 놀랐습니다. 해서 저희가 분쟁 민원을 살펴봤는데요."

그는 잠시 양해를 구하더니 웬 서류 산더미를 가져왔다.

"그간 저희 소비자분쟁원에 보고된 결함 사례가 많더군요."

"이게 다 X9 결함 자료인가요?"

"그렇습니다."

X9은 이미 문제가 많은 차량으로 소비자분쟁원에 자주 접수된 차였다.

접수 사례를 살피던 준철은 더욱 기가 찼다.

"X9은 출시된 지 6개월밖에 안 지났네요?"

"네. 근데 벌써부터 이 정도 하자가 접수된 겁니다."

"어떻게 이럴 수 있나요?"

"이게 원래 아현차 영업 방식입니다. 자동차 업계의 쪽대 본이랄까……. 일단 출시부터 하고 고객들이 문제를 제기하면 매년 업그레이드하는 방식으로 문제점을 고쳐 갑니다."

하지만 이건 경우를 넘어섰다. 웬 놈의 차가 이런 하자투성이란 말인가.

"이 문제가 얼마나 심각한지 지금 민간에선 X9 피해자 모임까지 결성됐다고 합니다."

"……."

"그쪽에선 지금 소송까지 불사하겠다고 난리예요. 그도 그럴 게 최근엔 급발진 사례까지 보고됐더군요."

차량에 대해 문외한이지만 급발진이 얼마나 위험한지 정도는 안다.

아니, 급발진을 제외한 다른 문제도 엄청나게 치명적인 문제들이다.

"사실 안전벨트나 에어백 결함은 아현의 고질적 문제라 저희도 어지간하면 그냥 넘어가는 편인데 이건 그 수준을 넘어섰습니다."

준철은 한숨을 쉬며 물었다.

공정거래
위원회

"그럼 이거 대체…… 어떻게 해야 되는 겁니까?"

주가가 연일 신고가를 갱신하며 아현차 안팎에서 즐거운 비명이 쏟아졌지만, 이 결과에 웃지 못하는 사람들도 있었다.

"하여간 공무원 놈들은 뿌리부터 썩었어!"

X9의 차주, 소비자대책위원회는 치솟는 주가가 야속하기만 했다. 불량 차나 찍어 대는 기업이 하루아침에 무슨 시장 구원자가 되지 않았나.

사실 이들은 아현차보다 공정위에 더 큰 배신감을 느끼고 있었다.

당국에 X9 불량 민원을 제기한 게 벌써 500건.

출고된 지 겨우 6개월밖에 안 지났음을 감안하면 경이적인 신고 건수다.

피해 사례가 많은 만큼 공정위가 조속히 해결해 주리라 기대했건만 웬걸.

소비자의 원성은 철저히 무시하던 놈들이, 중고차 시장에선 아현차 두둔하기 바쁘다.

"이건 분명 공정위가 뒷돈 받고 아현차 진출 허락한 거야!"

"왜 아니겠어. 뭐 소비자의 편익? 그런 놈들이 아현차 불량 신고를 이렇게 묵살해도 돼?"

"소비자분쟁원이 아니라 대기업 앞잡이들이라고!"

사실 X9은 출시 전부터 기대보단 우려를 더 많이 받고 판매된 차다.

세단 중심인 아현차가 과연 소형 SUV를 생산할 수 있을까? 기존 대형 모델에서 체급만 낮춰 출시하진 않을까.

X9은 시장의 이러한 우려를 정확히 반영하며 잦은 시동 꺼짐과 엔진 과부하로 보답했다. 최근엔 급발진까지 보고되며 차주들의 불안감에 부채질했다.

더욱 미치겠는 건 모두 원인 미상의 결함들이라는 것이다. 이는 한국 소비자들에게 무척 절망적인 일이었다.

미국의 경우 불량 지적이 나오면, 결함이 없다는 것을 기업이 입증해야 하는 구조다. 하지만 한국은 입증 책임이 소비자에게 있다.

원인 미상의 결함은 곧 무죄나 다름없었고, 아현차는 소대위의 요구를 더욱 철저히 무시했다.

한술 더 떠 유언비어 유포자들에게 엄정한 법적 대응을 할 것이라 발표했다.

"이제 다 게임 끝난 거 아니요."

그런 마당에 공정위가 아현차를 두둔하는 일까지 펼쳐졌으니 치가 떨리도록 배신감을 느낀 것이다.

"급발진 사례까지 보고됐는데 뉴스에 기사 한 줄 안 나가잖아? 온통 다 중고차 얘기뿐이야!"

"됐어. 난 그냥 X9 중고로 내놓을렵니다. 경험상 이런 문

공정거래
위원회

제는 사람 하나 죽을 때까지 아무도 안 나선다고."

다들 분통을 터트릴 때, 소대위 김성원 대표가 말했다.

"흥분들 가라앉힙시다. 엄밀히 말해 중고차 사건과 이 사건은 관계가 없는 일이에요."

"관계는 없지만 공정위의 인식은 알 수 있지 않습니까. 노골적으로 대기업 편 들어주잖아요."

확실하다. 소비자의 편익은 개뿔 공정위는 무조건 아현차 편이다.

"솔직히 우리가 뭐 다른 노력을 안 해 봤어요? 유명한 웹튜버 섭외해서 불량 문제 터트리고, 서명 운동까지 했는데 꿈쩍도 안 하잖아."

"난 공정위가 저 따위로 나오는 거 보고 전의 잃었습니다. 이거 더 해 봤자 계란으로 바위 치는 격이요."

"박 씨 아저씨 말이 딱 맞아. 이건 사람 하나 죽을 때까지 안 바뀐다니까."

김성원은 목소리를 조금 높였다.

"그러니까 더 포기하면 안 되죠. 그 사람 하나 죽는 게 우리 가족 일이 될 수도 있습니다. 그렇다고 뭐 우리가 차 한 대 쉽게 바꿀 만큼 여유로운 사람들입니까."

다들 아무 말도 할 수 없었다. 차가 한두 푼 하는 물건인가. 집 다음으로 비싼 것이 차다. 이들 모두 가성비 때문에 아현차를 선택하는 전형적인 소시민들이었다.

김성원 대표가 힘주어 말하자 사람들도 차츰 흥분을 가라앉혔다.

"솔직히 난 대표님 말이 맞다고 봐요……. 차 한 대 다시 뽑으려면 취득세가 얼만데."

"환불은 물론이거니와 그 취득세도 다시 받아 내야 돼요. 이건 구매가 아니라 사기를 당한 건데."

"그렇다고 뭐 할 수 있는 방법이 없잖아."

김성원이 다시 입을 열었다.

"일단 계속 싸울 수 있을 때까지 싸워 봅시다. 우리 그때 본사 앞에서 시위하기로 한 거 스케줄대로 진행합시다."

"대표님, 근데 지금 한창 아현차 축제 분위기 아닙니까. 사람들 인식이 너무 좋아서 자칫하면 우리가 진상으로 몰릴 것 같습니다."

"오히려 그편이 더 나아요. 언론들 주목받고 있을 때 터트리는 게 파급력이 더 크죠."

"근데 아현차가 유언비어 유포자들에게 엄정 대응하겠다고 했잖아요. 이거 괜히 송사 시달리다 우리만 피 보는 건 아닌지……."

김성원은 불안해하는 회원들에게 말했다.

"우리가 바꿔야 될 게 바로 그 아현차의 억지입니다. 뚜렷한 불량을 유언비어라 매도하는 그 뻔뻔함."

"……."

공정거래
위원회

"싸움은 불가피합니다. 이건 우리가 한마음 한뜻으로 대응해야 해요."

김성원은 부탁하듯 말했다.

"다들 바쁘신 줄 알지만 꼭 시간 내서 시위에 참가해 주세요. 다시 한번 말씀드립니다. 그 사망 사고가 우리 가족 일이 될 수도 있습니다."

❧

신사동 아현자동차 사옥.

연일 신고가를 갱신하며 고조되었던 아현차 분위기가 오늘은 조금 심상치 않았다. 차량 80여 대가 본사 앞을 점거하며 아침부터 요란한 시위가 펼쳐졌기 때문이다.

–원인 미상의 결함은 면죄부가 아니다!
–X9의 결함 없음은 아현차가 직접 입증하라!
–출고 중단! 도로엔 흉기차가 달린다!

시위대의 구호는 아현차의 성공 신화를 취재하러 온 기자들의 이목을 사로잡기 딱 좋았다.

"뭐야, 아현차 문제 있었어?"

"아, 저거 X9. 출고 때부터 문제 많았던 그 차 같은데."

"세상에나 저거 급발진 영상 아니야? 문제가 좀 많나 본데."

김성원 대표는 이 기회를 놓치지 않고 메가폰을 잡았다.

X9의 문제점을 구구절절 호소하며 대책을 요구했다.

"저것들 또 시작했구먼."

아현차 김상명 사장은 꼭대기 층에서 이 광경을 마뜩치 않게 봤다. 옆자리엔 X9의 문제점을 처음 제기했던 박 전무가 함께하고 있었다.

"천박한 놈들. 남의 집 잔칫상을 엎는 것도 모자라 똥물까지 뿌리고 있네. 기자들 모였으니 아주 이때다 싶은가 봐?"

"……."

"박 전무, 저것들 계속 둬야겠어?"

해산시키라는 말이다. 하지만 박 전무는 고개를 저었다.

"강제로 해산시킨다고 될 일이 아닙니다, 사장님. 부회장님 한 번만 다시 설득해 주실 수 없습니까. 일단 생산 중지하고 우리 공정 과정을 다시 한번 검토하는 게 좋을 것 같습니다."

"지금 부회장님 말씀을 거역하자는 거야?"

"그게 회사를 위한 길입니다."

"회사를 위한 길은 저 바퀴벌레 같은 놈들 입 다물게 만드는 거야!"

김 사장은 화가 끝까지 났다.

박 전무는 아현차의 유일한 이공계 출신 임원으로 정말이지 융통성이라곤 눈 씻고도 찾아볼 수 없는 놈이다.

회의에서 그 망신을 당했으면 적당히 알아들어야지!

"입 다물게 할 수 없을 만큼 불량 신고가 많습니다."

"그럼 내년에 업그레이드 출시해. 박 전무가 다시 공정과정 점검하면 될 거 아니야."

"……."

"그렇다고 우리가 뭐 싹 입을 닫재? 부회장님 지시대로 무상 수리해 줘. 거기까지가 딱 우리가 양보할 수 있는 선이야."

박 전무는 입술을 깨물며 고개를 숙였다.

"알겠습니다. 그럼 저쪽 사람들 만나서 설득해 보겠습니다."

"아니, 자넨 나서지 마."

"……예?"

"본새 보아하니 자네한텐 맡겨선 안 될 것 같아. 아주 저쪽에 붙어먹어 가지고 우리 내부 결함을 줄줄이 실토할 것 같은데."

모욕적인 말이었다. 박 전무가 비록 회사에 쓴소리를 하고 있다고는 하나 누구보다 회사를 위해 일하고 있는 사람이다.

그런 사람을 내부 고발자 취급이나 하다니!

"사장님, 제가 그런 사람은 아닙니다."

"그런 사람 아니면 그냥 내가 하라는 대로 해. 이 일은 내가 맡는다."

"하지만……."

"박 전무, 내 앞에서 변명할 시간 있으면 지금 당장 생산 공장으로 가. 자네 말대로 문제 있으면 지금이라도 공정 되돌아봐야 할 거 아니야?"

"……."

"뒷일은 내가 할 테니까 썩 내 눈앞에서 사라져."

박 전무는 한마디도 못 하고 그렇게 쫓겨났다.

혼자 남게 된 김 사장은 인터폰을 들었다.

"어, 난데. 저기 대표가 누구라고? 어, 그래 그놈. 일단 그쪽 대표자들 추려서 내 방으로 올라오라 그래."

김 사장은 신경질적으로 전화를 끊었다.

사실 면담이 목적이 아니라, 면담하는 시간 동안 시위를 못 하게 하는 게 진목적이다.

막상 만나도 별로 할 얘기가 없다. 당분간 집중된 언론의 관심만 사라지면 언제 그랬냐는 듯 내팽개칠 생각이었다.

김 사장의 집무실엔 소대위 사람들이 모였다.

김 사장은 환한 얼굴로 이들을 맞이했지만 차가운 반응만 돌아왔다.

"흥, 아현도 카메라가 무섭긴 한가 봅니다. 지금까지 들은 체 만 체 하더니 이렇게 귀한 시간도 내 주시고."

"오해 풉시다. 아시다시피 저희가 중고차 진출과 관련해 신경 쓸 게 많았어요."

"네. 구경 한번 잘했습니다. 아주 공정위를 아현차 끄나풀로 만드셨더군요."

"끄나풀이 아니라 공정위가 소비자의 편익을 생각하고 내린 용단이었죠."

소대위 사람들은 부아가 치밀었다.

감히 저놈 입에서 소비자 편익 같은 단어가 거론되다니.

"그래요? 우리가 아는 공정위는 소비자 편익 따윈 개나 줘 버린 놈들인데."

"여러분들도 이젠 현실을 직시하세요. 그런 공정위가 여러분들의 민원을 들어주지 않았다……. 이 얼마나 말이 안 되는 얘기란 뜻이겠습니까."

"뭐, 뭐라고!"

분위기가 또다시 파행 조짐을 보이자 김성원이 입을 열었다.

"다들 그만─ 김 사장님. 얘기 길어져 봤자 서로 감정만 상할 테니 본론만 얘기합시다."

"바라던 바요."

김성원은 준비한 서류를 들이밀며 말했다.

"이게 지금까지 보고된 아현차의 결함 사례들입니다. 뭐 더 잘 아실 테니 두 번 얘기할 필요 없겠지요. X9의 실패를 인정하고 우리 차주들에게 정당한 보상을 해 주시길 바랍니다."

"그러니까 그 정당한 보상이라는 게 뭡니까."

"피해 차량의 조건 없는 환불입니다. 사실 여기 있는 차주들 중엔 고속도로에서 시동이 꺼져 큰 사고로 이어질 뻔한 사례도 있었습니다. 하지만 아현에서 책임감 있는 모습을 보이면 저희도 민형사상 책임을 묻지 않겠다고 모두 합의했습니다."

김 사장은 시큰둥한 얼굴로 김성원을 훑었다.

"죄송하지만 그건 좀 어려울 것 같군요. X9은 저희가 5년 동안 개발에 매진한 차로 이미 안정성이 충분히 검증된 모델입니다. 그런 차를 무턱대고 환불해 달라 하시면 저희가 난감하죠."

"아니, 지금 이 수많은 결함 사례를 보고도 그런 말이 나와요?"

"물론 생산 과정에서 결함이 나왔을 순 있겠습니다. 저희 노조가 워낙 강성해 저희도 현장의 세세한 부분까지 통제하진 못하죠. 해서 저희가 생각한 대책안이 있는데……."

소대위 사람들은 울분을 참으며 그의 말을 기다렸다.

뻣뻣한 태도는 마음에 들지 않았지만 그래도 아현차 입에서 처음으로 나온 '대책'이다.

"결함 차량을 저희 서비스센터에서 무상으로 수리해 드리도록 하겠습니다."

말이 끝남과 동시에 기대는 더 큰 분노로 바뀌었다.

"무슨 수리? 무상 수리?"

소대위는 자신들의 귀를 의심했다.

하지만 김 사장의 당당한 얼굴을 보니 제대로 알아들은 게 맞는 모양이다.

"예. 저희가 가진 광역 서비스 센터에서 문제 된 부분을 모두 무상으로 교체해 드리겠습니다."

"이 무슨 개떡 같은 소릴 하고 있어!"

제안보다 더 어이가 없는 건 김 사장의 당당함이었다.

환불은 당연한 얘기요, 취등록세까지 배상하겠다 해도 시원찮을 판국에 겨우 무상 수리?

"폐차시켜도 시원찮을 차를 겨우 무상 수리로 끝내겠다고?"

"수리는 본체가 멀쩡할 때나 쓰는 단어지! 굴러가는 것도 기적인 차에 무슨 무상 수리야!"

차분함을 유지했던 김성원도 이 무지막지한 제안엔 목소리가 커졌다.

"이보세요, 김 사장님. 지금 이 제안이 가당키나 한 겁니까."

"역시나 차가 목적이 아니군."

"뭐요?"

"보상금이 목적인가? X9의 사소한 결함을 트집을 잡아 우리 아현차에 막대한 배상을 받아 낼 요량 아니요."

적반하장도 모자라 이젠 자해공갈단 취급. 이건 더 들어 볼 필요도 없다.

"기대한 내가 등신이지!"

"갑시다! 이것들 괜히 카메라 많이 모여 있으니까 잠시 모면하려고 우리 부른 거야."

소대위 사람들이 모두 자리를 박차고 일어났지만 김성원은 이들을 말렸다.

지금 자리를 벗어나서 좋을 게 없다. 아현차는 분명 이걸 가지고 사태 해결에 최선을 다했다 변명할 놈들이다. 나중에 당국이 중재할 때 어떻게 변명할지 계산해 두었을 것이다.

"김 사장님…… 네. 그럴 수 있습니다. 자동차 고객 중에는 블랙 컨슈머도 많다고 들었어요. 아현차 입장에선 저희가 의심스러울 수도 있죠."

김성원은 침착하게 말했다.

"근데 신차 고객이 얼마나 큰 리스크를 안고 구매하는지는 알 겁니다. 여기 모인 사람들? 모두 검증되지도 않은 차를 대기표 받고 기다릴 만큼 아현차에 충성적인 고객이었습니다."

"그러니 무상 수리를 해 주겠다는 겁니다."

"무상 수리는 원론적인 해결책이 될 수 없어요. 우리가 진짜 원하는 건 바로 안전입니다. 차의 결함이 발견된 이상 이

공정거래
위원회

에 대한 근본적 대책을 제시해 달란 말이에요."

"그게 대체 뭔데요?"

"차량 환불요."

김 사장은 비웃음을 흘렸다.

"김 대표님은 자꾸 이해심 많은 척하시면서 과한 억지를 부리십니다? 출시 6개월 만에 차량 환불이라. 우리 아현더러 죽으라는 얘기 아닙니까?"

"지금 사람이 죽을 수도 있는 마당에 기업 적자가 대숩니까?"

"저희에겐 대숩니다."

기가 차서 말도 나오지 않았다. 기업에겐 역시나 사람보다 돈이 우선인가.

"오해하실까 말씀드리는데 사람 목숨이 중요하지 않다는 게 아닙니다. 여러분들은 계속 최악의 상황만 가정하고, 그에 준하는 보상을 저희에게 요구하고 있어요. 무상 수리로도 충분히 보완할 수 있는 문제점을 자꾸……."

"됐고. 아현차 입장은 잘 이해했습니다. 입 아프게 더 이야기할 필요 없겠군. 만약 우리 요구 조건이 관철되지 않는다면 우린 당국에 리콜 요청까지 할 겁니다."

"자동차 리콜을 그렇게 쉬운 결정이 아닙니다만."

"안 되면 될 때까지 하죠. 우린 계속 국토부와 공정위에 민원 넣을 거고 반드시! X9 전체 리콜 명령 떨어지게 만들 겁니다."

김 사장은 잠시 생각에 잠겼지만 대답은 변하지 않았다.

"그렇게 억지를 부리셔도 저흰 이 이상의 보상을 드릴 수 없습니다."

"좋아요. 그럼 법정에서 봅시다. 다들 가자고."

혼자 남게 된 김 사장은 창밖을 보며 생각에 잠겼다. 당국이 이걸 과연 리콜할까?

어림없는 소리다. 행정 당국은 기껏해야 중재나 권유로 끝낼 것이다.

"답답한 놈들. 우리가 리콜 요청 한두 번 들어 보는 줄 아나. 쯧쯧."

오늘은 결렬되었지만 곧 저들은 승복할 것이다.

늘 그랬듯이.

김무석 과장과의 면담 이후 준철은 고민에 빠졌다.

아니 작은 자책에 빠져 있었다.

'아현차 이것들……'

물론 중고차 논란에서 아현의 손을 들어 준 건 후회 없는 결정이었다. 적어도 아현차가 사고 이력을 속일 놈들은 아니니. 기업 자체가 정직해서라기보단 잃을 게 많은 놈들이라 그런 짓을 못한다.

하지만 신차 시장에서 아현은 자신의 진가를 유감없이 발휘했다.

X9은 출시 6개월 만에 500건 가까이 결함이 보고된 문제투성이였고, 아현은 해당 논란에 이를 악물며 무대응하고 있었다.

'이놈이나 저놈이나…….'

중고차 업자들이나 대기업이나 결국 기업은 기업인 모양.

생각을 정리한 준철은 바로 소비자 분쟁원 김무석 과장을 찾았다. 김 과장은 작은 회의실로 준철을 안내하더니 조심히 물었다.

"결정내리셨습니까?"

"그 전에 먼저 몇 가지 여쭤볼 게 있어서 찾아왔는데요."

"뭐든 말씀하세요."

"리콜에도 단계가 있는 걸로 알고 있습니다. 그중 가장 작은 단계가 무상 수리나 보증 기한 연장 같은 보상 대책으로 알고 있는데……. 혹시 이 문제가 이 선에서 정리될 수 있나요?"

김무석 과장은 고개를 저었다.

"그거야 헤드라이트나 열선시트 불량 같은 편의 기능에 문제 생겼을 때 얘기고요. 지금처럼 시동 꺼짐, 누유 같은 안전과 직결된 문제엔 무상 수리로 땜빵 못 합니다."

"그럼 혹시 그 문제 된 부품만 수리를 해 주는 건요?"

"뭐 현실적으로 타협안이 그렇게 나올 수는 있겠죠. 그게 아현차가 지금까지 내놨던 보상 방식이기도 했고. 하지만."

김무석 과장이 목소리에 힘을 줬다.

"그건 원론적인 대책이 될 수 없습니다. 사실 저희가 파악한 바에 따르면, X9은 기존 대형 모델을 체급만 낮춰 소형 SUV로 바꾼 모델이에요."

"설계 단계부터 엉성했다는 건가요?"

"네. 그게 아니라면 출시 6개월 만에 500건의 결함 신고가 나올 수 없습니다. 결국 가장 근본적인 대책은……."

김 과장이 머뭇거리자 준철이 대신 대답했다.

"전량 회수군요."

"그렇습니다."

전량 회수, 즉 환불. 리콜 명령 중 가장 강력한 단계의 시정 조치다.

X9은 아현차가 야심작이라 광고했기에 벌써 1만 대가 넘게 팔렸으며, 차량 대기가 1년이나 밀려 있었다.

이미 팔린 차 1만 대에 잠재 판매량 약 2만 대.

만약 전량 회수 리콜이 결정되면 약 3만 대의 손해를 입게 되는 것과 다름없다. 그런 만큼 아현차도 사활을 걸고 덤벼들겠지.

"반발이 만만치 않겠군요."

공정거래
위원회

"네. 행정소송까지 각오해야 할 겁니다. 그것도 승소를 장담할 순 없고요."

사실 더 큰 문제는 이 행정소송이다.

미국과 달리 한국은 입증 책임이 소비자에게 있다. 법대로 가면 아현차가 문제없는 차란 걸 입증해야 하는 게 아니라, 소비자 측에서 문제 있는 차량이란 걸 증명해야 한다.

하지만 이게 어디 쉬운가?

자동차 같은 첨단 기술 산업은 제아무리 공공기관이라 할지라도 입증이 어렵다.

모든 증거를 다 갖추고 싸워도 이길까 말까 한 것이 행정소송인데, 가만히만 있어도 이기는 대기업 소송전은 무조건 피해야 한다.

"그럼 별수 없겠네요. 자동차안전연구원에 주행 테스트를 의뢰하는 수밖에."

"……예? 거기까지 끌어들이자고요?"

"비전문가인 저희는 말싸움 말곤 할 게 없어요. 문제 있는 차량이면 거기서 발견되겠죠."

한국교통공단의 자동차안전연구원.

자동차 업계의 국과수 같은 곳으로 가장 공신력이 높은, 아니 국내 유일무이의 자동차 전문 집단이다.

이곳은 자동차 업계에서 저승사자로 통했다.

안전 테스트 미달된 차량엔 판매 정지 같은 강력한 제재도 내릴 수 있는 곳이니. 하지만 이곳에도 허점은 존재했다.

"이 과장님…… 꼭 거기가 나선다고 일이 다 해결되진 않습니다. 아닌 말로 국내에 유통되는 모든 차량들? 다 까다로운 검증 과정 거치고 출시돼요. X9도 이미 한자원에서 주행 테스트 통과됐으니 출시까지 된 겁니다."

"네."

"그런데도 왜 자동차 결함 분쟁이 끊이질 않겠습니까?"

"불량 차량은 소수고, 그 마저도 기업들이 제조 과정에서의 결함이라고 하니까요?"

"네. 솔직히 샘플이 부족하면 한자원 주행 테스트가 오히려 독이 될 수도 있습니다. 우리가 문제없는 차량이란 것만 입증하는 셈이죠."

상식적으로 정상 차는 불량 차량보다 압도적으로 많다. 해마다 자동차 리콜 논란이 끊이질 않는 건, 이 주행 테스트 자체가 완벽하지 않다는 방증인 셈이다.

"그래서 생각해 봤는데, 그럼 아예 샘플을 다 문제 차량으로 의뢰하면 되잖아요."

"문제 차량이라 함은……."

"소비자분쟁원에 신고된 결함 차량들요. 그것만 모아서 한자원에 주행 테스트 의뢰하고 결함 밝혀내죠."

어차피 한두 대 불량 밝혀낸다 해도 기업들은 제조 과정의 문제였다 둘러댈 게 뻔하다.

이걸 사전 차단하려면 문제 된 차량들만 모아서 의뢰하고 불량 패턴을 발견해야 한다.

"이렇게까지 안 하면 아현은 그냥 문제점들 좀 보완해서 내년에 업그레이드 출시하는 선에서 그칠 겁니다."

"……."

"근본적인 대책이 나올 수 없어요."

김무석 과장도 이 말에는 동의했다. 적당히 끝내면 매년 차량 업그레이드를 하며 주먹구구식 땜빵 차가 양산될 것이다. 물론 차량 중 일부는 매년 업그레이드 출시되며 좋은 차로 성장하는 차도 있지만, 지금은 소비자들의 권익이 중요해진 시대다.

만약 그 과정에서 인명 피해라도 발생하면 되돌릴 수 없다.

"물론 저도 처음부터 한자원 찾아갈 생각 없습니다. 되도록 아현차가 자발적 리콜을 하게끔 설득해야죠."

"플랜 B란 말씀이시군요. 근데 진짜로…… 그 사람들을 진짜 만나 보시려고요?"

"네. 그 소비자대책위원회라는 곳이랬나요?"

김 과장은 살짝 난색을 표했다.

"이 과장님, 다른 건 다 좋은데 그 사람 만나는 건 좀 신중히 생각해 보세요."

"왜요?"

"사실 우리에 대한 감정이 그리 좋지 않습니다. 아니, 감정이 안 좋은 정도가 아니라 못 잡아먹어 안달 난 곳이죠."

"설마 아현의 중고차 진출 때문에요?"

김 과장이 고개를 끄덕였다.

"그거 가지고 무슨 공정위가 아현이랑 붙어먹었네 마네……. 국민신문고에 악성 투서까지 날리고 있답니다."

"뭐 그럼 이번 기회에 오해 좀 풀죠."

"……참 넉살도 좋으십니다. 자기들 편 안 들어줬다고 악성 민원 날리는데 괘씸하지도 않으세요?"

준철은 씩 웃었다.

"그 사람들 입장에선 그럴 수도 있죠. 우리가 소비자 편익 앞세워서 중고차 시장 진출 도왔는데, 정작 진짜 소비자들의 원성은 무시하고 있었으니."

이해한다.

자신들의 민원은 묵살하고 대기업 도와주는 모양새였으니 얼마나 미웠겠는가.

"그리고 전 누구랑 붙어먹었네 소린 하도 들어 봐서 이젠 다 면역됐습니다."

"진짜 참……. 넉살 좋으시네."

"괜찮으시면 김 과장님께서 자리 좀 주선해 주세요. 사실 그 사람들이 원하는 조건이 뭔지, 아현과 합의할 수 있는 접점이 있는지도 궁금했습니다."

김무석 과장은 이미 질린 표정이었다.

젊은 과장은 넉살뿐 아니라 배포도 좋은 놈이다. 자신은 엄두도 나질 않는 사람들인데.

질 끝판왕 사망

한명그룹
김성균 본부

자진 리콜

"안녕하세요, 공정위 이준철 과장이라고 합니다."

환대를 기대한 건 아니지만 이토록 숨 막히는 분위기가 반길 줄이야. 처음 만난 소대위 사람들은 한눈에 봐도 적개심이 가득했다.

"다름 아니라 X9 결함과 관련한 문제를 논의하고 싶은데……."

눈길 한번 주지 않던 사람들이 갑자기 쌍심지를 켜고 달려들었다.

"그 얘기 참 일찍도 듣습니다. 저희 소대위가 문제 제기를 몇 건이나 했는지 아시는지요?"

"저희는 사람 하나 죽을 때까지 기다리고 있던 참이었습니다. 공정위가 나서려면 그 정도는 돼야 하잖아요?"

"에잇! 이딴 얘긴 할 필요도 없어. 당신, 맞죠?"

"······예?"

면담 5분 만에 벌써 파행 분위기.

그중 어떤 사내는 성질을 주체하지 못하고 신문 기사를 들이밀었다.

"아, 당신 맞잖아. 누굴 속이려고 그래."

"무슨 말씀이신지······."

"아현차가 중고차 시장 진출할 때 공정위의 역할이 아주 컸다 들었습니다. 이 뉴스에 나온 종합국 이준철 과장, 본인 아닙니까?"

"······."

"대답 못 하는 거 보니 맞네, 맞아!"

"이거 뭐 더 들어 볼 필요도 없겠구만. 오늘은 아현차 대리인으로 나오셨습니까?"

어쩐지 살기가 남다르더라. 이미 담당자 신상 조사가 다 끝난 모양이다.

공정위가 소비자의 편익을 내세워 아현차의 시장 진출을 도왔는데, 정작 진짜 소비자들의 민원에 대해선 묵살했으니 이러한 반응이 나오는 것도 당연하다.

준철은 그냥 공정위 전체를 대표해 욕받이 하는 것이라 생각했다.

공정거래
위원회

"다들 그만들 해. 우리 지금 어리광 부리자고 이 자리 나온 거 아니잖아."

"하지만……."

"아까운 시간 계속 과거 얘기하는 데 쓸 거야? 앞으로 대책 논의하는 데도 빠듯하지 않아?"

다행히 김성원 대표가 나서며 분위기는 좀 수그러들었다.

"결례해 죄송합니다. 사실 저희가 지금 감정이 많이 격앙된 상태입니다. 최근에 아현차를 만났는데 아주 안하무인격으로 나오더군요."

"만나 보셨다고요?"

김성원은 한숨을 쉬더니 저간의 사정을 자세히 얘기해 줬다.

듣고 나니 이들이 왜 이렇게까지 화가 났는지 더욱 잘 이해할 수 있었다.

"그러니까 아현 쪽은 무상 수리로 때우겠다는 거군요."

"네. 맞습니다. 아현 측은 계속 차량 자체엔 문제없다, 제조 과정에서 몇 대의 불량이 나왔을 뿐이다 하며 넘어가려는데 이게 말이나 될 소립니까."

김성원의 목소리도 곧 격앙되었다.

"명백한 설계의 실패예요. 대형 SUV 모델을 소형으로 체급만 낮췄으니 이런 부작용들이 속출하는 겁니다."

"아현차에 방금 얘기도 말씀해 보셨나요?"

"왜 안 했겠습니까. 근데 그쪽은 자기들이 더 전문가라며 우릴 무슨 돌팔이 취급했습니다."

"더 웃긴 건 아주 법대로 가자고 난리예요. 결함 입증은 어차피 저희 쪽에서 해야 하니 우리가 불리하다는 걸 아주 잘 알고 있습니다."

같은 사례가 미국에서 접수됐으면 어떻게 됐을까.

그 나라는 고객이 에어백 옵션을 안 넣고도, 차량 사고 때 에어백 안 터졌다고 천 만 달러짜리 소송을 거는 나라다.

한국 사람 입장에선 고객 잘못 아닌가 반문할 수 있지만, 미 법원은 에어백을 편의 기능이 아닌 안전 필수품으로 보고 소비자의 편을 들어준 판례까지 남겨 두었다.

과실 입증 책임도 기업에 있다. 이런 논쟁에 휘말리면 천문학적인 돈을 들여 제조사에 문제가 없음을 증명해야 한다. 고객과 기업 간엔 정보 비대칭이 이뤄질 수밖에 없으니, 전문적인 기업들에게 더 많은 부담을 지우는 것이다.

하지만 이곳 대한민국은 기업가들의 나라.

비전문가인 고객이 과실을 입증하려면 감당하기 힘든 돈과 노력이 든다.

문제는 있으나 입증할 자신이 없으니 소대위 사람들은 속만 태웠고, 아현차는 이러한 허점을 이용해 가당치도 않은 조건을 내걸었다.

"과장님! 우리 진짜 살고 싶습니다. X9 시동 꺼짐 얘기 나올 때마다 가슴이 얼마나 철컥철컥 내려앉는지 아세요?"

"우리가 무슨 아현차한테 덤프트럭이랑 충돌해도 멀쩡한 차 만들라는 거 아닙니다. 제발 안전 기능에만 충실한 차, 딱 그거예요."

이들은 고속도로에 들어설 때마다 노이로제에 시달렸다.

시동 꺼짐은 인간에 비유하면 심장마비나 다름없다. 고속도로에서 벌어진다면 뒷일은 상상도 하기 싫었다.

성토가 계속되자 준철도 괜히 죄책감이 커졌다. 그런 아현차를 더 나쁜 놈들 잡겠다고 중고차 진출 허락해 버렸으니…… . 어쩐지 이 문제에 일조한 것 같은 책임감이 들었다.

"그럼 여러분들이 원하는 보상안은 뭡니까?"

"환불요. 저흰 더 이상 이 차 못 탑니다."

"공정위가 도와주세요!"

준철은 쓰디쓴 얼굴로 미간을 짚었다.

자동차 환불은 초강도 리콜 조치로 아현차 입장에서 이를 들어줄 리 만무하다. 사실상 이건 X9의 단종을 의미하며, X9 다른 차주들의 차량까지 환불해 줘야 하기 때문이다.

적자가 눈에 보듯 뻔한 결정을 내려 주진 않겠지.

아현차 입장에서 생각해 보면 어떻게든 무상 수리나 보증 기한 연장으로 끝내고 싶을 거다.

"그럼 이렇게 한번 해 보시죠."

준철은 잠시 생각하더니 입을 열었다.

"일단 제가 아현차 관계자들을 만나 보겠습니다. 자진 리콜을 권유해 보죠."

"자진 리콜요? 아현차가 콧방귀나 뀌겠습니까?"

"맞아요. 우린 지금 하루하루가 급합니다. 어차피 그놈들 듣지도 않을 텐데 권고 말고 바로 명령으로 내려 주세요."

준철은 고개를 저었다.

"시간이 급하니 자진 리콜로 유도하겠다는 겁니다."

"예?"

"사실 이 문제는 행정명령으로 가면 복잡해질 수밖에 없어요. 아현차가 당연히 승복할 리 없고 시일은 계속 지체되겠죠. 가장 좋은 건 그래도 기업 설득해서 자진 리콜로 합의하는 겁니다."

말이 끝나자 김성원이 우려를 표했다.

"그렇다고 아현차가 자진 리콜에 응할 리도 없는데……."

"그렇게 되면 결국 끝장 싸움으로 가야죠."

준철은 잠시 고민하더니 말했다.

"해서 말인데 혹시 문제 된 차량을 한 다섯 대 아니 한 열 대 정도만 무아 줄 수 있나요?"

"차량 열 대요?"

"예. 카트리(KATRI, 한국자동차안전연구원)에 주행테스트 다시 의뢰할 겁니다."

카트리는 자동차 업계의 청와대다. 자동차 업계는 검찰보다 이곳을 더 두려워한다. 법적 싸움에 휘말리면 소송전이라도 해 볼 수 있다.

하지만 카트리가 그냥 X9 인허가 취소해 버리면 그 순간 단종 차량이 되어 버린다.

기껏 할 수 있는 게 차량을 보완해 재심사를 요청하는 것뿐.

"물론 이 계획은 어디까지나 플랜B입니다. 되도록 리콜 권고로 끝낼 생각이에요."

과연 아현차 측이 자진 리콜에 응할까? 장담할 순 없지만 지금은 그러길 바라는 것 말곤 도리가 없다.

"불량 차량만 모아 놓고 검사하면 분명 불량 패턴이 나올 겁니다. 그래서 되도록 많은 표본이 필요합니다. 여러분들이 도와주실 수 있나요?"

준철의 설명을 들은 김성원이 말했다.

"그런 용도라면 저희가 100대도 모아 드릴 수 있습니다."

❧

이튿날.

공정위의 소명 요구가 아현차를 흔들어 났다.

최근 출시된 X9에 대한 결함 해명서. 이건 사실 대답할 변명도 없었다.

공정위의 소명 요구는 리콜 명령의 전초전이나 다름없다.

어쩌면 이렇게 시작된 조사가 고공 행진하는 아현차의 주가를 흔들어 놓을지도 모른다.

"어떻게 된 거야. 알아봤어?"

홍상기 부회장은 부랴부랴 달려온 임원들에게 성질을 부렸다.

"예. 아무래도 공정위가 그놈들을 만난 것 같습니다."

"그 소대위인가 뭔가 하는 놈들 말인가?"

"그렇습니다. 최근 X9과 관련한 논란들에 대해 들은 자리였다고 합니다."

부회장의 날카로운 눈빛이 한 사내를 향했다.

"김 사장, 그때 그놈들 만났다 하지 않았어?"

"아······. 예."

"대체 일 처리를 어떻게 했기에 이 지경이야."

"분명 좋게 일렀는데······."

"좋게 말했으면 됐겠냐고. 이건 자네가 설득 실패한 거 아니야."

엄밀히 말해 이건 설득의 실패가 아니라 제안의 실패였다.

무상 수리 조건이 마음에 안 들었던 것. 하지만 부회장의 머릿속엔 그런 것 따윈 안중에도 없었다.

"지금 주가는 어때?"

"아직 알려지지 않았습니다만, 만약 공시가 나가면 타격이 불가피합니다."

공정거래
위원회

"젠장할 공정위 놈들 좋게 봐 줬더니."

홍상기는 이 사태에 배신감을 느끼고 있었다. 이전 사건을 경험하며 공정위를 자신의 편이라 생각하지 않았나.

본래 아홉 번 괴롭히다 한 번 잘해 주면 괜히 친해진 것 같고, 동료인 것 같은 법이다.

"어떡할까요……."

부회장이 고민하고 있는 사이, 한 사내가 입을 뗐다.

"부회장님, 어차피 막다른 골목입니다. 저희가 피하면 되레 당국의 의심만 사게 될 겁니다."

"정면 돌파하란 말인가."

"네. 어차피 그쪽은 자진 리콜 권유하려고 만나자는 겁니다."

권고는 말 그대로 권고. 해도 그만 안 해도 그만이다.

다른 임원도 거들었다.

"사실 법리적으로 따져도 저희한테 불리할 게 없어요. 어차피 입증 책임은 제기한 쪽에 있죠."

"누구보다 이 사실을 잘 아는 게 공정위일 텐데, 이 싸움 길게 가져갈 것 같지 않습니다."

공무원이 어디 일이 좋아서 하는 놈들인가. 하도 고객들 불만이 많으니 그냥 하는 시늉만 하려고 이런 거창한 자리를 마련한 게 틀림없다.

모든 임원이 동조하며 정답이 결정 났지만 부회장 눈엔 한 사내가 걸렸다.

"우리 박 전무는 생각이 다른 모양이군. 왜 한마디 말이 없지?"

"⋯⋯."

X9 문제라면 자진 반사적으로 튀어나오는 박 전무다. 회의 내내 한마디도 입을 떼지 않았다는 건 강한 항의를 의미했다.

"뭐든 말해 봐. 걸리는 게 있어?"

부회장의 재촉에 임원들의 시선이 그에게 향했다. 융통성이라곤 눈 씻고 찾아봐도 없는 놈이 이번엔 또 얼마나 속 터지는 말을 해 댈까?

"아니오. 없습니다."

"뭐?"

"부사장님 말씀대로 나가는 게 좋을 것 같습니다."

"우리가 공정위 만나서 담판을 봐도 된다는 거야?"

"네. X9은 이미 만 대 이상 팔렸습니다. 적자가 불가피하죠. 물량 대기도 많은데 리콜에 응하는 건 이 모든 수익을 포기한다는 뜻과 다름없습니다.

"흠, 구구절절 맞는 소린데 박 전무가 그 소릴 하니 이상하구먼."

박 전무의 얼굴은 뭔가 찜찜한 표정이었지만 부회장은 문제 삼지 않았다.

이런 얘기 나올 때마다 혼자서 반대하던 놈 아닌가. 초 치는 소리 안 나오는 것만 해도 다행인 일이다.

"부회장님. 박 전무가 어지간하면 이런 소리 잘 안 하는 친 군데 확실한가 봅니다."

"맞습니다. 이건 융통성 없는 친구가 봐도 질 것 같지 않다 는 거예요. 하하."

긴장감이 팽배했던 회의실에 웃음꽃이 폈다.

"좋아. 그럼 우리가 직접 공정위 만나 보지. 자진 리콜 빠 져나갈 대책 있는지 다들 고심 좀 해 봐."

"네. 하하."

분위기에 휩쓸려 박 전무도 잔잔한 미소를 띠었다.

하지만 이건 진짜 웃음이 아닌 체념에서 나온 자조였다.

❦

기업 면담은 아현차 본사에서 진행되었다.

기분이 썩 좋지 않은 자리다. 소명 요구는 굳이 얼굴 볼 필 요 없이 서류 대 서류로 얘기하면 되는 것을.

자리까지 마련한 걸 보면 분명 불필요한 얘기까지 오갈 것 이다.

'그냥 처음부터 기사로 터트렸어야 하나.'

보통 자동차 리콜과 관련한 뉴스는 핫이슈로 기자들도 잘 따라붙는다. 게다가 대상 차량은 이미 세간에서 말썽 차로 유명한 X9. 아마 터트리면 바로 실검을 장악할 것이다.

그래도 잔칫집 분위기인 아현차 분위기를 고려해 배려를 해 줬건만, 이제 보니 그게 맞는 선택인가 싶다.

'……혹시 모르지. 얼굴 직접 보자고 할 정도면 괜찮은 대안이 있을지도.'

그러한 기대는 회의장에 들어서자마자 좌절되었다. 아현차 임원들 얼굴에서 긴장감이라곤 전혀 찾아볼 수 없었기 때문이다.

6개월 전 출시된 차가 단종될 위기에 처했는데, 이토록 분위기가 밝을 수 없다.

"어서 오십쇼. 홍상기 부회장입니다."

"반갑습니다. 이준철 과장이에요."

"안 그래도 한번 따로 인사를 드리려 했습니다. 저희의 중고차 진출은 소비자의 편익이 극대화되는 혁신적인 사건이 될 겁니다. 모든 공무원들이 다 쉬쉬했는데 과장님께선 솔선수범하셨죠. 회사를 대표해 진심으로 감사드립니다."

"네. 축하드립니다."

"개인적으로 과장님처럼 유능한 분이 겨우 공무원이란 게 얼마나 안타까운지 모릅니다. 저희 아현차에 입사하셨다면 최연소 사내 임원도 달았음 직한데."

부회장은 자꾸 지나간 얘기를 꺼내며 친한 척을 해 왔다. 부담스런 칭찬이 계속되자 자리가 슬슬 불편해지는 준철이었다. 기름진 칭찬이 자신을 무장 해제시키려는 감언이설로 들렸기 때문이다.

마음 같아선 한마디 툭 쏘아붙이고 싶었지만 참았다.

자진 리콜은 무엇보다 기업의 협조가 중요한 행정절차. 피차 감정이 상해서 좋을 게 없다.

"사실 저희 아현차는 고민이 많았습니다. 뭐 하나 좀 소비자를 위해 하려 하면 뒤에서 강성 노조가 버티고 있고, 글로벌 브랜드들과 경쟁하자니 기술력은 떨어지고."

"……."

"그러던 차에 이런 기회가 왔어요. 모두 과장님 덕분입니다. 그리고 또……."

"저기 부회장님, 지나간 얘기는 다음에 마저 하고요. 오늘은 저희가 좀 중차대한 문제를 가져왔는데요."

처음으로 말을 끊자 그의 낯빛이 살짝 어두워졌다.

"최근 아현차에서 출시한 X9에서 많은 불량 접수가 이뤄지고 있어요."

"……."

"안전벨트, 에어백 오작동. 잦은 시동 꺼짐과 누유. 이 모두 운전자 안전과 직결된 문제입니다. 대체 이런 하자가 왜 발생하는 거죠?"

답은 정해져 있는 문제다. 차를 잘못 만들었으니까.

"저희도 내부 조사를 했는데요. 아무래도 제조 과정에서의 결함이…….”

“확실합니까. 제조 과정 결함이?”

진부한 변명이다. 또 제조 과정 탓이라니.

“저희 자체 조사에선 결과가 달랐습니다. 이건 차량이 설계 단계부터 잘못됐단 지적이 나왔습니다.”

“……네?”

“부회장님, 제가 물은 질문엔 답이 정해져 있습니다. 차를 잘못 만들었으니 이런 불량이 계속 접수되겠죠. 그러니 오늘 상의할 문제는 이 잘못 만든 차를 어떻게 보상할지에 대한 대책입니다.”

이로써 화기애애했던 분위기는 완전히 싸늘하게 돌변했다.

“긴 말 안 드리겠습니다. 자진 리콜 하세요.”

회의실 곳곳에서 신음이 나왔다.

부회장은 미간을 찌푸리며 쏘아붙였다.

“이보세요, 과장님. 자진 리콜이 기업에게 무슨 의민지 모르십니까?”

“잘 압니다. 더 큰 사고를 미연에 방지할 수 있는 마지막 기회죠.”

“그건 이상적인 얘기고요! 그 과정에서 감내해야 할 기업의 적자는요. X9 모델은 우리 개발진이 장장 10년에 걸쳐 연구한 아현의 야심작이었습니다. 아직 벌어지지도 않은 사고 무섭다고 중단할 수 없어요."

장장 10년은 얼어 죽을.

세간에선 이미 대형 모델을 체급만 낮췄다는 평이 자자한데.

"게다가 지금까지 파악된 불량은 모두 원인 미상의 결함들이었습니다. 우리의 설계 실패라는 증거가 없어요."

"원인 미상의 결함이 면죄부가 아닙니다만."

"그건 과장님 생각이고요. 법적으론 책임이 없는 겁니다."

준철은 나지막이 한숨을 쉬었다. 역시나 입증 책임이 소비자에게 있단 걸 알고 이용하려 든다.

이건 딱히 놈들을 원망할 수도 없다. 법이 그 모양이니 놈들은 그 법망 뒤에 최대한 숨는 것뿐이다.

"부회장님, 원래 사람 몸도 원인 미상의 통증이 가장 무서운 법입니다. 몸에 발견하기 힘든 암 덩어리가 있단 증거거든요."

"……."

"취약한 법망 틈으로 빠져나갈 생각 말고 현실을 직시하십쇼. X9은 지금 암 덩어리가 자라고 있는 참입니다. 더 큰 사고로 이어지기 전에 기업에서 협조해 줄 수 없습니까?"

법적으로 불리한 게 사실이었기에 준철도 최대한 간청하듯 말했다.

하지만 전혀 쓸모없었다.

"물론 저희도 협조할 수 있는 건 해야죠. 해서 지금 고객들과 보상안에 대해 논의 중입니다."

"보상안?"

"네. 문제 된 차량을 전부 무상 수리하고 보증 기한을 3년 더 연장해 주는 방안이 검토되고 있습니다. 제가 알기론 고객들도 이 방안에 호의적이라고……."

"암 환자한테 반창고 하나 붙여 주고 보상? 어느 누가 이걸 호의적으로 받아들였습니까?"

뻔뻔한 놈들. 소대위는 이 제안 때문에 더 뒤집어졌는데, 그걸 무슨 협상이 잘 진행되는 척하나.

시간만 잘 끌면 고객들이 결국 승복할 수밖에 없다는 걸 아니, 이렇게 나오는 것이다.

"마지막으로 묻겠습니다. 자진 리콜에 응할 마음 없습니까?"

부회장은 잠시 고민하더니 단호히 대답했다.

"예. 공정위의 무리한 요구엔 응할 생각 없습니다. 저희가 소비자들과 '직접' 해결하도록 하겠습니다."

준철은 고개를 끄덕이며 자리에서 일어났다.

"쉬운 길을 꼭 어렵게 가시는군요. 하지만 오늘 이 대답, 반드시 후회하실 겁니다."

"후회?"

"입증 책임이 소비자한테 있다고 해서 저희가 포기하는 게 아닙니다. 저흰 카트리에 주행 테스트를 다시 시킬 거거든요. X9이 진짜로 원인 미상의 결함인지, 암 덩어리인지 곧 판명날 겁니다."

홍상기 부회장은 콧방귀를 뀌었다.

"과장님께서 공정위 소속이라 잘 모르시는 모양인데, 카트리가 그렇게 널널한 곳이 아닙니다. 어차피 이 문제는 고객과 우리가 직접 해결할 수밖에 없는 문제예요. 힘 빼지 마십쇼."

그는 자신만만했다. 그도 그럴 것이 자동차 업계에서 리콜 논란이 뭐 한두 번 있었나. 사소한 논란이 있을 때마다 고객과 다 합의로 끝냈다. 이번에도 별반 다르지 않을 것이다.

"그럼 한번 두고 봅시다."

준철은 그리 말하며 자리를 벗어났다.

아현차 본사를 빠져나온 준철은 전화기를 들었다.

"네. 김 대표님 저 이준철 과장인데요. 플랜 B로 갑시다."

❧

명주에 위치한 카트리(KATRI, 자동차안전연구원).

업계 저승사자란 악명과 달리 이곳은 여유로운 하루를 보내고 있었다. 차량 인허가 심사가 매일 있는 일도 아니었으니 바쁜 날보다 한적한 날이 더 많은 게 사실이었다.

어제 걸려 온 공정위 의뢰만 아니었다면 오늘도 그랬을 것이다.

"김 과장, 이건 뭐야?"

연구원장 최희준은 짜증스런 얼굴로 공문을 뒤적거렸다.

"아, 예. X9 주행 테스트요. 아현에서 최근에 출시한 차인데, 소비자들 불만이 너무 많이 접수됐다고 합니다."

"그래서?"

"공정위가 주행 테스트를 다시 의뢰했습니다. 업계 얘길 들어 보니 지금 리콜 하네 마네 할 정도로 심각한 것 같습니다."

최 원장 얼굴은 시큰둥하기만 했다.

뭐 리콜 논란이 한두 번 있는 일인가. 대한민국에서 리콜 논란이 벌어질 때마다 불려 다니는 곳이 바로 이 카트리다.

"뭔데 출시 6개월 된 차를 리콜시키려 그래?"

"피해 사례 보니 안전벨트, 에어백 오작동 및 시동 꺼짐 현상이 자주 있었다고 합니다."

"그거야 아현차에 늘 있는 일이잖아."

"그건 그렇죠."

"혹시 뭐 사망 사고라도 났어?"

"그건 아직 없었습니다."

최 원장은 인상을 찌푸렸다.

"사망 사고도 없었는데 무슨 우선 테스트를 해 달래. 우리가 뭐 노는 집단인 줄 알아."

공정거래
위원회

기분이 나쁜 최 원장이다.

공정위는 해당 차량을 반드시 우선 테스트 해 달라며 특별 부탁을 해 왔다. 하도 호들갑을 떨어서 사망 사고라도 접수된 줄 알았는데 웬걸. 결함 내용도 그냥 아현차의 고질적인 문제였고, 특별한 사고도 접수되지 않았다.

"그래도 공정위가 부탁한 일인데 우선 테스트는 해야지 싶습니다."

"사실 이 논란은 저희한테도 피해를 끼칠 수 있는 문제라……. 협조하는 척이라도 해야 할 것 같습니다."

하지만 공정위의 부탁을 거절할 수도 없다.

국내에서 출시되는 차는 이미 검증을 거치고 출시된다.

달리 말해 아현의 X9은 이미 주행 테스트를 모두 거쳐 갔다는 것이다. 그런 차에 불량만 500건이 신고됐으니……. 만약 진짜 문제 있다 판명되면 카트리 또한 이 책임에서 자유롭지 못하다.

사실 공정위는 카트리에게 정말이지 위협적인 존재였다.

먹이사슬로 따지자면 자동차 업계 위에 카트리가 있고, 그 위에 소비자분쟁원이 있기 때문이다. 공정위가 마음만 먹으면 인허가 심사자인 자신들에게도 책임이 미칠 수 있었다.

"그래도 우선 테스트는 미뤄."

"예?"

"조사 최대한 늦추란 말이야. 어차피 리콜 논란은 다 기업이랑 소비자랑 중간에 타협하게 되어 있어. 그냥 서로 감정 격해져서 우리한테 의뢰한 것뿐이니까 하는 시늉만 해."

"아, 예. 알겠습니다."

그것이 가장 현명한 처사였다.

X9에 진짜로 결함이 발견되면 왜 이런 차량에 인허가를 내줬냐는 논란이 나올 테고. 문제없다고 하면 왜 기업 편드냐고 논란이 나올 것이다.

근데 굳이 논란의 중심으로 뛰어들 필요 있나?

입 다물고 이 사태가 진정되길 바라는 게 최고의 대처다. 어쩌면 공정위도 소비자들 등쌀에 못 이겨 억지로 조사하고 있는지도 모른다.

하지만 오후에 접어들었을 때, 최 원장의 바람은 산산조각 나고 말았다.

"뭐, 뭐야 이건!"

한산했던 테스트 도로에 웬 차량들이 들어섰기 때문이다.

갑자기 나타난 차량들은 순식간에 카트리 주변을 점거하며 테스트 도로를 고속도로 정체 길처럼 만들어 버렸다.

"안녕하세요. 최 원장님. 공정거래위원회 이준철 과장입니다."

최 원장은 분노의 눈길로 30대 청년을 훑어봤다.

주행 테스트라 해서 한 서너 대 가져올 줄 알았는데…….

여길 무슨 F1경기장으로 만들어?!

"이게 대체 뭡니까?"

화를 참아 보려 했지만 가시 돋친 말이 반사적으로 튀어나온다.

준철은 개의치 않는다는 듯 대답했다.

"어제 말씀드린 X9 불량 차량들입니다."

"누가 지금 그걸 몰라서 물어요? 적당히 한두 대 가져오면 되지, 왜 여길 모터쇼장으로 만드냐 이 말입니다."

"결함 조사 할 땐 샘플이 많이 필요하시다면서요."

"80대가 샘플입니까?"

"X9 출고 대수가 총 1만여 대예요. 이 정도면 1%도 안 됩니다."

최 원장은 따박따박 말대답 해 대는 젊은 놈 때문에 울화통이 터질 것 같았다.

유사 이래 최대 리콜이었던 지난 7만대 리콜도 샘플은 겨우 10대 수준. 이것도 카트리 석학들이 전부 달려들어 두 달을 끌었다. 차량 80여대는 감당도 되지 않는 숫자다.

"과장님…… 주행 테스트가 무슨 운전면허 기능 시험인 줄 아시는 모양인데. 이게 운동장 한 바퀴 돌면 끝나는 그런 테스트가 아닙니다. 각 부품의 전문가가 달려들어 결함을 파악하는 조사라고요."

"네. 그게 딱 우리가 바라는 겁니다."

"네?"

"모의 도로 몇 바퀴 달려 보고 문제없다 하지 마시고, 타이어 고무까지 뜯어 봐서 이 차량 결함들 좀 밝혀 주세요."

"……."

"계속해서 같은 결함들이 제보되는데 왜 자꾸 원인 미상으로 결론이 나는 겁니까. 카트리가 제대로 밝혀 주십쇼."

최 원장은 결론을 내렸다. 이 미친놈과 입씨름해 봤자 남는 게 없다는 것을.

그는 건성으로 끄덕이더니 손을 휘이 저었다.

"알겠어요. 돌아가세요."

"조사 결과는 언제쯤 나올까요?"

"지금 저희가 스케줄이 많이 밀려 있습니다. 최소 6개월은 걸리겠네요."

이번엔 준철의 얼굴이 굳어졌다.

"반년은 너무 깁니다. 아현차가 X9 생산을 중단하지 않고 계속해서 차를 팔고 있어요."

"그래서요?"

"판매 차량이 누적될수록 사고 확률도 높아질 겁니다. 우선 테스트 좀 해 주십쇼."

"지금 나더러 순서를 어기라는 겁니까?"

"어차피 지금 잡혀 있는 테스트는 신차 인허가 아닙니까. 그거 좀 뒤로 미룬다고 큰 사고 안 납니다. 근데 이건 달라요. 어쩌면 카트리에게도 책임이……."

듣고만 있던 최 원장이 버럭 소리를 질렀다.

"아니, 진짜 이 젊은 놈이 못 하는 소리가 없네! 당신 나 지금 협박하는 거야?"

"뭐 그런 건 아니지만……."

"아니긴 뭘 아니야. X9 출시 인허가 우리가 했으니 우리한테도 책임을 물을 수 있다, 내 귀엔 이렇게 들리는데."

"그런 의미가 진짜 아닙니다."

사실 그런 의미로 한 말이 맞았다. 대한민국에서 유통되는 차량은 모두 카트리 인허가가 필요한데 당연히 이놈들한테도 책임이 있다. 이렇게 발끈하는 걸 보면 눈치가 없는 인간은 아니다.

"내 마지막으로 경고하는데 월권하지 마쇼. 한 번만 더 이렇게 협박성 발언하면 당신 감사원에 고발해 버릴 겁니다. 업무 청탁으로!"

업무 청탁이라.

진짜로 이놈들까지 싸잡아서 검찰에 고발해 버릴까? 이런 똥차를 시장에 유통시켰으면 직무유기를 피할 수 없을 텐데.

"알겠습니다."

속으론 그리 생각했지만, 준철은 그 정도로 대답하고 자리를 떠났다.

최 원장은 신경질적으로 말했다.

"우선 테스트? 젊은 새끼가 어디 주워들은 건 있어가지고."

"원장님…… 근데 저 사람 말대로 이거 먼저 해도 될 것 같은데요. 다른 스케줄은 어차피 신차 인허가라 좀 늦춰도 됩니다."

"사실 하는 게 좋을 것 같습니다. X9이 시중에서 계속 유통되는 것도 문제고……. 무엇보다 정말 불량이 확인되면 저희도 책임을 면하기 힘들 겁니다."

최 원장은 겁먹은 직원들에게 소리를 질렀다.

"허튼소리 집어치워. 우리가 뭐 불량 차 한두 번 상대해 봐? 이건 어차피 아현이랑 고객이랑 타협안 나오게 돼 있어. 그때까지 최대한 늦춘, 아니 최대한 정밀하게 검사해 결과 발표한다."

최 원장도 이 바닥 선수다. 자동차 불량 시비를 한두 번 겪어 봤나. 리콜 요청은 해마다 있는 이벤트였으며 그럴 때마다 기업과 소비자들의 원만한 합의로 끝났다.

이번에도 그럴 것이다.

하지만 최 원장의 행복 회로는 단숨에 무너져 버렸다.

"이 미친놈들이 뭐? 반년이나 기다리라고?"

"고속도로만 진입하면 시동이 꺼진다잖아! 이걸 어떻게 반년이나 더 몰아?"

"우리가 지금 할 일이 없어 여기까지 차 끌고 온 줄 알아!"

80여 명의 차주들이 연구소에 난입해 버린 것이다.

**공정거래
위원회**

"다 필요 없고 책임자 나오라 그래! 최 원장이 누구야?"

"주행 테스트가 얼마나 개판이면 출시 6개월 만에 이런 하자가 접수되냐고. 이건 당신들도 공범이야."

"저기 있다! 최 원장 저기 있다!

성난 군중은 연구실을 쑥대밭으로 만들더니 최 원장에게 달려들었다.

"오호라, 여기 계셨구먼. 우리 잘난 안전 원장님!"

"……."

"대답 좀 해 봐요. 이딴 차가 어떻게 주행 테스트를 통과한 겁니까?"

"저기 여러분, 일단 진정하시고……."

"우리가 지금 진정하게 생겼어요? 당신들이 출시 허가한 차가 이 모양 이 꼴입니다. 이거 우선 테스트해 달라는 게 업무 청탁 소리까지 들어야 할 얘기요?"

그때 한 의협심 높은 연구원이 목소리를 높였다.

"여러분, 여기 함부로 들어오시면 안 됩니다. 엄밀히 말해 이거 지금 공무집행 방해예요. 자꾸 이러시면 경찰 부르겠습니다."

"바, 박 수석! 입 다물고 있어. 여러분, 일단 진정하시고 대화를……."

최 원장이 급히 만류했지만 성난 차주들은 이미 눈이 돌아가 버렸다.

"이것들이 울고 싶은 놈 뺨 때려 주네. 뭐? 경찰?"

"오냐 불러라! 경찰 불러서 여기 있는 자료 싹 다 압수해 가 보자!"

"X9 인허가 테스트 어떻게 이뤄졌는지 싹 다 까 봐. 우리 공무 집행으로 잡혀가고, 네들은 직무 유기 업무 청탁으로 끌려가 보자!"

그렇게 아비규환이 되기 직전.

"아휴— 여러분, 아무리 답답해도 이러시면 안 됩니다. 우린 이성적으로 대응해야 돼요."

준철이 등장해 성난 군중을 달랬다.

"진정하세요. 카트리도 다 사정이 있었을 겁니다."

"무슨 사정요!"

"잘은 모르겠지만 그래도 사정이 있었을 겁니다."

"그러니까 대체 무슨 사정요. 문제 차량 우선 테스트해 달라는 게 그리 큰 억지입니까?

"큰 잘못은 아니지만 카트리가 절차적으로 안 된다고 하면 안 될 수도 있는 문젭니다."

혼내는 시어머니보다 말리는 시누이가 더 밉다고 했던가.

준철은 편들어 주는 척하면서 성난 군중을 더욱 부채질하고 있었다. 이대로 두다간 연구소가 묏자리가 될 판국이었다. 결국 최 원장은 무겁게 입을 열었다.

"……알겠습니다. X9 모델을 우선 테스트하죠. 최장 한 달 안으로 결과가 나올 겁니다."

준철이 씩 웃으며 고개를 돌렸다.

"자─ 원장님이 약속까지 해 주셨으니 이제 진짜 그만합시다."

"여우 같은 새끼!"

공정위가 떠나가고 난 뒤.

최 원장은 한참이나 씩씩거렸다. 방금 펼쳐졌던 일련의 상황들은 아무리 봐도 놈의 계획적인 연출 같다. 주행 테스트에서 시간이 오래 걸린다는 걸 알고 일부러 극적인 상황을 만든 것이다.

"우선 테스트 진행시키려고 생쇼를 해 대네."

젊은 과장 놈은 아무리 봐도 예사 놈이 아니었다. 분명 이런 상황 또한 다 계산을 하고 움직였으리. 하지만 아무리 고민해 봐도 마땅히 되갚아 줄 방법은 없었다.

그렇게 한숨만 쉬고 있을 때 책임 연구원들이 달려왔다.

"원장님 불량 차 80여 대 인수받았습니다."

"후우…… 주행 테스트는 얼마나 걸릴 것 같아?"

"샘플 자체가 다 불량이니 시일은 빨리 끝날 것 같습니다. 하지만 아무리 그래도 한 달 안으로는 무립니다."

샘플(?) 차량이 18대도 아닌 80여 대. 이건 청와대 특별 지시라 해도 못 할 양이다.

차량 검수는 사람의 신체검사와 똑같다.

몸 전체를 신체검사하고 문제 된 부분을 따로 떼 추적 검사를 한다. 하지만 차량 검사는 병의 이름만 밝혀내면 되는 신검과 달리 병의 원인도 밝혀내야 한다. 보통 이 과정이 잘 규명되지 않아 원인 미상으로 결론 나는 것이다.

"지금 공정위 기세를 보면, 이 부분을 집요하게 물고 늘어질 겁니다."

"절대 원인 미상의 결함으로 넘어가지 않을 거예요."

[원인 미상]이란 결론은 카트리에게 마법과도 같은 단어다.

불량은 인정하나 소비자, 기업 그 어느 누구도 편을 들지 않는, 중립적인 대답이기 때문이다. 하지만 현행법을 고려하면 사실상 기업의 손을 들어주는 거나 마찬가지. 절대로 공정위가 이를 두고 볼 리 없다.

"일단 서두르는 척이라도 해 봐."

"척이요?"

"답변 시일 계속 미루면서 조사 중이라고 둘러대란 말이야. 최대한 시간 미루면서 양측에서 중재안 나오길 빌어 보자."

"알겠습니다."

성난 군중에 떠밀려 조사하게 됐지만 그의 직무 방침은 변하지 않았다. 무조건 중립! 절대로 중립! 이건 양측이 중재

공정거래
위원회

나올 때까지 버텨야 한다. 하지만 최 원장의 그러한 기대는 보름 만에 무너지고 말았다.

"원장님, 차량 검수를 했는데…… 문제점이 상당수 발견됐습니다."

차량 80여 대에서 하자 보고가 속출한 것이다.

"시동 꺼짐 현상은 이 누유관 부적합인 것으로 판명됐습니다."

"변속기 연결 배선도 엉망이었습니다. 피해 사례 중 급발진이 있었는데, 아무래도 이 연결 배선이 문제인 것 같습니다."

"고압연료펌프의 내구성 문제도 드러났습니다."

조사를 마친 연구원들은 아연실색했다.

잦은 시동 꺼짐과 급발진은 다행인(?) 축의 사고였다. 고압연료 펌프가 마모되어 자칫하면 도로에서 차가 폭발해 버릴수도 있었다.

"……출시 6개월 만에 고압펌프가 마모되었다고?"

"예. 이건 출고 때부터 내구성이 엉망이었다는 겁니다."

"대체…… 이런 무더기 하자가 어떻게 발견되는 거야?"

이에 수석 연구원이 답했다.

"아무래도 급격한 체급 다운이 원인인 것 같습니다."

"체급 다운?"

"예. 혹시 몰라 X9을 아현차 캘리터와 비교를 해 봤거든요. 근데 설계가 대동소이했습니다."

"지금 대형 SUV모델 설계를 소형으로 축소만 했다는 건가."

"그렇습니다. 체급만 이렇게 낮춰 출시하니 안전 문제가 속출할 수밖에 없었습니다."

"……."

"원장님, 사실 지금 안전벨트나 에어백 오작동은 아예 건들지도 않았습니다. 이거까지 건드리면 정말……."

진짜로 대재앙이다.

지난번 달려들었던 그 군중이 화염병을 던져도 할 말이 없다. 사실 사태는 여기서 끝난 것이나 다름없었다. 불량 패턴이 모두 발견되었으니 결과만 발표하면 된다.

하지만 조사 과정에서 더 큰 문제가 발견되었으니.

"근데 이게 비단 X9의 문제만은 아닐 수 있습니다."

"뭐?"

"아현차가 쓰는 차량 부품은 다 거기서 거깁니다. 근데 이렇게 내구성 떨어지는 부품이 발견되었다는 건……."

"설마, 다른 차종에도 비슷한 불량이 발생될 수 있다는 건가?"

"그렇습니다.

이 보고가 사실이면 차량 1만 대 리콜로 끝날 문제가 아니다.

최 원장은 진땀을 쓸어내리며 물었다.

"……이거 얼마나 되는 거야?"

"조사를 몇 건 진행했는데 이 부품을 쓰는 차종이 모두 17만 대가량 되었습니다."

자동차 역사상 최대 규모의 리콜이 7만 건짜리. 이것도 단일 기업 7만 건이 아닌 여러 브랜드에 내린 공동 명령이다.

사실 이건 우리가 흔히 생각하는 그런 종류의 리콜이 아니었다. 주행 보조 장치 이상 등의 결함으로 차량 업데이트만 실시했다.

하지만 이번에 발견된 문제는 모두 안전과 직결된 문제, 최대 수위인 환불 명령이 불가피하다.

'단일 기업에게 17만 건 리콜…….'

최 원장은 정신이 아찔해졌다. 이렇게 되면 카르티 책임론도 피할 수 없지 않은가.

80명이 달려들어도 혼비백산했는데 80만 명 앞에서 조리돌림당해야 하다니.

"리콜 수위는?"

"일단 X9은 무조건 환불 조치해야 할 것 같습니다. 2순위 차종들 중에서도 몇 건은 환불 들어가야 할 것 같고요."

"무상 수리로 막을 수 있는 건?"

"많이 잡아 봐야 15만 대 정도입니다. 보수적으로 잡으면 13만 대 정도."

최 원장은 아찔함을 넘어 자괴감까지 들었다.

불량 부품을 쓴 차량들이 이렇게나 많았다니. 바로잡을 수 있는 기회가 몇 번이나 있었는데!

−카트리에게도 책임론이 불거질 수 있습니다.

그 젊은 놈의 협박이 이젠 현실화되어 가는 중이다. 한숨을 내쉰 최 원장은 수석 연구원을 바라봤다.

"13만 대로 발표해."

"예?"

"무상 수리, 환불 이 사이에서 애매한 거 있으면 무조건 환불로 결정하란 말이야. 아주 사소한 결함도 그냥 넘기지 마. 지금부터 우린 소비자 편이다."

연구원들은 그 말뜻을 대번에 이해했다.

이제는 공정위에게 매달려 자비를 구하는 수밖에 없다.

"뭣들 해? 겨우 20대 뜯어 보고 끝낼 거야? 빨리 가서 남은 60대 다 뜯어 봐."

당분간 퇴근은 글렀다. 밤낮, 주말, 끼니까지 거르며 차량 분해만 해야 한다.

연구원들이 허겁지겁 사라지자 최 원장이 고개를 돌렸다.

"김 수석, 공정위에 공문 보내자. 1차 조사 결과 떴다고."

"바로요? 그래도 좀 시일을 두고 지켜보는 게……."

**공정거래
위원회**

"시일은 개뿔! 지금 이 순간에도 X9 불티나게 팔리고 있다. 공문 두 장으로 복사해서 아현에도 하나 보내. 당장 판매 중지 걸어."

"아, 예."

최 원장은 급히 나가는 수석 연구원을 다시 불러 세웠다.

"잠깐만, 공정위에 보낼 공문에 문구 하나만 추가하자. 우리랑 공동 조사였다고……."

이렇게 된 이상 전략을 바꿔야 한다. 숟가락 얹기로.

❧

"그게 정말이에요?"

"네. 카트리 의견으로는 X9만의 문제가 아닐 것 같다 합니다."

카트리의 보고서는 준철에게도 충격적이었다.

해당 문제가 다른 차종에도 벌어질 수 있다니……. 하긴 자동차가 아무리 첨단 사업이라 해도 부품은 거기서 거기다. X9에 쓰인 불량 부품은 다른 차종에도 쓰였을 것이다.

"문제 된 차량은 얼마나 됩니까?"

"일단 17만 대 정도로 추산하고 있습니다. 그중 13만 대는 무상 수리로 끝낼 수 있지만, 나머진 환불 조치가 불가피하다고……."

준철은 한숨을 쉬었다.

차량 1만 대 리콜도 손이 떨리는데, 무려 4만 대를 환불 조치해야 하다니.

"소 뒷걸음질 치다가 쥐 잡았네요."

"꼬리가 길어 잡힌 거죠. X9은 아현차의 문제점이 집약된 결과물이었습니다."

"듣고 보니 그 말이 더 맞겠네요."

"갑자기 차종이 좀 많이 늘었는데……. 어떻게 할까요?"

"일단 X9으로 시작했으니 그것부터 끝내죠."

준철은 다시 보고서로 눈을 돌렸다.

그간 소대위가 지적했던 원인 미상의 문제점들이 다 기업 과실로 판명 났다.

카트리의 의견에 따르면 대체 이런 차가 어떻게 굴러간 건지 신기할 정도라고 한다. 인허가 내준 놈들이 할 말은 아니지만.

'이러면 카트리도 불편해지지 않나.'

사실 가장 곤란한 건 카트리가 아닐까 싶다.

어찌 됐건 그런 차량을 전부 인허가 한 게 카트리 아닌가. 만약 이 사실이 전파를 타면 아현차가 욕을 먹는 것은 물론, 이런 하자를 미연에 방지하지 못한 카트리 책임론도 불거질 것이다.

"카트리가 굉장히 불편할 수 있겠네요."

"글쎄요. 거긴 불편한 게 아니라 아주 적극적이던데요."

"적극적이요?"

"책임론 불거질까 봐 벌써 불안한 거죠. 이번 조사를 자신들과 공동으로 했다고 부탁을 해 왔습니다."

다시 서류로 눈을 돌리니 공정위 의뢰 조사가, 카트리 협력 조사로 바뀌어 있었다.

하긴 안 그래도 흉기 차 논란에 시달리는 아현이다. 이걸 인허가 해 준 카트리의 순장은 예고된 수순. 같이 무덤에 들어가지 않을 유일한 방법은 배를 갈아타는 것이다.

"거긴 한술 더 떠 당장에 검찰에 기소하자고 합니다. 이건 분명 아현 내부에서 조직적인 은폐 시도가 있었다고 판단한 모양입니다. 어떻게 할까요?"

준철이 고개를 저었다.

"아직 검찰에 넘기기엔 부족해요. 은폐 시도가 진짜 있었는지도 모르고."

"진실을 알려면 진실의 방으로 데려와야죠. 구치소 가둬두면 술술 다 나올 겁니다."

이건 기업에 몸담아 보지 않았던 공무원의 발상이다.

겨우 구속시킨다고 임원들이 사내 기밀을 풀겠나. 오너 일가를 대신해 횡령도 뒤집어써 주는 게 사내 임원들인데.

"그보단 우리 다른 방법으로 접근하죠."

"다른 방법요?"

"내부 고발자 한번 알아봅시다. 임원들 무작위로 구속시켜 조사하는 것보단 무너질 만한 사람 공략하는 게 빨라요."

"맞는 말씀이긴 합니다만……. 내부 고발 할 만한 사람이 누군 줄 알고요."

준철은 턱을 쓰다듬었다.

"짚이는 사람이 한 사람 있긴 한데……."

아현자동차 박원석 전무는 긴장한 얼굴로 약속 장소에 도착했다.

회사는 이미 비상사태다. 카트리가 보낸 공문엔 X9의 결함이 적나라하게 적혀 있었고, 회사는 부랴부랴 판매를 막았다. 구매 대기 고객들에게 차량 반도체 수급 불안 핑계를 댔지만, 곧 전말이 드러나겠지.

부회장은 그 뒤 여러 차례 임원 회의를 소집했지만 건설적인 논의는 찾아볼 수 없었다.

즉각 환불 조치해야 할 치종들을 어떻게 하면 무상 수리로 막을 수 있을까, 사내 임원들은 오로지 그 문제만 골몰했다.

X9의 설계팀장이자 유일한 엔지니어 출신 임원인 그는 입을 닫은 지 오래였다.

최소한의 장인 정신도 없는 놈들과 설전을 벌여 무엇하리.

그는 소위 말하는 기름밥 먹어 가며 큰 엔지니어였다. 책상보단 현장이 편했으며, 서류를 만지는 것보단 파이프를 잡는 게 그에게 더 익숙했다.

"부질없구나……."

사내에서 첫 엔지니어 출신 임원이 됐을 때만 해도 그에겐 꿈이 있었다.

한국에도 독삼사 못지않은 튼튼하고 세련된 차를 출시하는 것. 하지만 사내 임원은 자동차의 완성도보단 단가를 더 신경 써야 할 자리였다.

소형 SUV가 유행하자 부회장은 닦달하며 이런 차를 가져오라 지시했다.

국내 기술력으론 부족했기에 당연히 기존에 있던 대형 설계안을 재탕할 수밖에 없었다.

이렇게 유행 따라 만든 차가 어떻게 제대로 굴러갈 수 있겠나.

출시 전부터 잡음이 많았던 X9은 예상했던 대로 불량 보고가 폭주했다. 엔진이 시도 때도 없이 꺼져 소대위로부터 폭탄 민원을 받은 적도 있었다.

그는 엔지니어로서 가책을 느끼고 부회장에게 판매 중단을 요청했지만, 그럴 때마다 돌아오는 것은 동료 임원들의 따가운 눈총뿐이었다.

―박 전무, 경영은 양심이 아니라 이윤이야. 우리 밑에 있는 식솔이 얼마데.

　―자네, 좀 임원다운 품격을 보여 줄 수 없나?

　―쯧쯧. 하여간 촌놈들은 양복 입혀 놔도 별수 없구먼. 아직도 저 기름때 냄새를 벗지 못했어.


　이렇게 떠들던 임원 놈들은 아직도 리콜 명령에 응해선 안 된다고 주장하고 있다.

　시간을 끌면 환불 조치할 차를 무상 수리로 바꿀 수 있고, 그 과정에서 지친 고객이 아현의 제안에 응할 수 있다는 계산 때문이다.

　정말로 사람 하나 죽어야 이 의미 없는 논쟁을 끝낼 것인가.

　"안녕하세요. 박원석 전무님."

　상념에 잠겨 있을 때, 한 사내의 음성이 그를 깨웠다.

　그는 엉거주춤 자리에서 일어났다.

　"혹시 전화 주신……."

　"예, 맞습니다. 전화드린 이준철 과장입니다."

　겨우 회사 대리급밖에 안 되는 청년에게 엄청난 위압감이 느껴졌다. 이래서 죄짓고 살면 안 된다는 모양이다.

　"먼저 자리에 나와 주셔서 감사합니다. 다름 아니라……."

　"그 전에 나부터 좀 물어봅시다. 왜 나요. 회사 분위기 뒤숭숭한 거 아실 텐데, 왜 나한테 연락을 준 겁니까. 혹시 다른 임원들한테도 다 전화를 돌렸는데 나만 나온 겁니까."

노심초사하는 모습. 내부 고발자들이 보이는 흔한 불안감이다.

"그럴 리가요."

"그럼 나한테만 연락했습니까?"

"네."

"대체 왜?"

"알아보니 전무님께서 X9의 설계팀장을 맡으셨더군요. 그리고 사내 유일한 엔지니어 출신 임원. 그래서 당연히 남다른 시각으로 사건을 보실 것 같았습니다."

있는 그대로 말해 줬지만 그는 별반 믿지 않는 눈치였다.

사실 그는 지금 이 자리에 있는 것만으로도 심적인 부담이 클 것이다.

"먼저 이렇게 응해 주셔서 감사합니다."

"긴 얘기를 드릴 여유가 없습니다. 저를 보자고 하신 이유가 뭔지요."

"X9 문제죠."

그는 인상을 찌푸렸다.

"그 얘기라면 개별적으로 드릴 말씀이 없습니다. 회사 차원에서 대응하고 있는 걸로 압니다."

"네. 결함 공문을 받았을 텐데 아직까지 반응이 없더군요."

"……."

"아무래도 아현차는 이 문제를 또 길게 끌 요량인가 봅니다. 뭐 오래 싸우면 환불 조치를 무상 수리 정도로 끝낼 수 있겠단 계산 때문이겠죠?"

정확한 지적에 그는 할 말을 잃었다.

"하지만 박 전무님은 좀 다를 것 같습니다."

"……내가 왜요?"

"돈만 생각하는 임원과 자동차 설계를 직접 맡은 임원. 당연히 차에 대한 애착이 남다를 수밖에 없죠."

그는 눈을 질끈 감았다.

'융통성 없는 놈!'

선배 임원들의 일갈이 떠올랐다. 하지만 곧 현실이 생각났다.

"어설프게 내 환심 살 생각이면 그만하세요. 나 그렇게 무른 사람 아닙니다."

"박 전무님, 지금 아현차가 낭떠러지를 향해 폭주하고 있습니다. 이건 길게 끌 싸움이 아니에요. 정말로 인명 사고 나야 정신 차릴 겁니까."

그는 주춤거렸다.

자신이 만든 차가 사람을 죽일 수도 있다. 이걸 알면서도 묵인하는 건 엔지니어로서의 자존심을 포기하는 것이다.

사실 X9 하자 접수가 밀려 왔을 때, 그는 즉각 환불 조치해야 한다고 주장했던 사람이다. 아니, 처음부터 설계 재탕을 강력하게 반대했던 사람이다.

이제 와 그런 변명은 의미도 없겠지만.

준철은 대답 없이 물만 축이는 그를 기다렸다.

생각이 복잡할 것이다. 여기서 다그치는 건 목전에 둔 물고기를⋯⋯.

"X9은 설계부터 실패작이었습니다⋯⋯."

그리 생각할 때 충격적인 발언이 튀어나왔다.

리콜 명령

"실패작요?"

"실패작이란 말도 과분합니다. 도전을 해 봤다는 전제가 있어야 실패라는 말도 쓸 수 있으니."

"그럼 X9은 도전도 안 해 봤다는 겁니까?"

"이미 다 아시는 내용 아닙니까. 기존에 출시한 저희 대형 SUV 모델을 체급만 낮춰 출시한 게 X9입니다."

한마디로 설계 재탕.

"헤비급을 다이어트만 시켜 라이트급으로 만들었으니 부작용이 안 나오는 게 더 이상한 일이죠. 소대위가 지적한 문제 모두 개발 단계부터 보고된 문젭니다."

X9은 개발 단계부터 잡음이 많았다.

사람이 10킬로 감량하는 것도 버거운 일인데 차가 100킬로 빼는 건 얼마나 어렵겠는가. 심지어 차량은 줄어든 체급만큼 각 부품도 재구성해야 한다. 몸에 비유하면 위장 다이어트, 간 다이어트, 오장육부다이어트를 다 따로 하는 것이다.

이런 복잡한 설계가 당연히 하루아침에 나올 리 만무하다.

아현의 엔지니어들은 이런 현실적인 이유를 들어 X9에 반대했지만 부회장의 고집을 꺾을 순 없었다.

-무조건 만들어. 어차피 소형 SUV는 다 2030수요란 말이야. 기능, 편의 다 필요 없으니 디자인과 가격에 집중해. 아, 뒷좌석만 좀 줄이면 되겠구먼.

-세상에 완벽한 차가 어떻게 한 번에 만들어지나? 부족한 부분은 매년 업그레이드 출시하면 돼.


선출시 후보완.

홍상기의 경영 철학은 아직도 경부고속도로 준공 시절에 머물러 있었다. 그 과정에서 자존심을 꺾지 못하고 떠나간 엔지니어들도 수두룩하다.

박 전무는 X9 탄생 비화를 실토하며 긴 한숨을 내뱉었다.

"그러니까 이미 출시 전부터 상당한 문제가 보고된 차량이었다는 거군요."

"그렇습니다."

"만류하는 사람은 없었습니까?"

"많았죠. 인명 사고가 빤히 예고된 차량을 누가 만들고 싶겠습니까. 내 밑에서 떠난 엔지니어만 해도 수두룩합니다."

"그런데도 왜 이런 차량이 출시된 겁니까?"

그가 말을 잇지 못했다.

사실 이건 굳이 대답을 들을 필요도 없다. 기업은 군대보다 위계가 더 엄격한 집단으로 위에서 까라면 그게 법이다. 사태의 원흉은 결국 홍상기 부회장이겠지.

하지만 준철에겐 반드시 대답을 들어야 할 문제였다.

"대답하기 어렵겠지만 저희는 꼭 확인을 하고 넘어가야 할 문제입니다. 왜 이런 차를 출시했습니까?"

"……부회장님의 지시였습니다."

"답변 감사합니다. 사실 사전에 문제점을 인식하고 있었느냐, 없었느냐는 형사처벌의 중요 기준점이 되는 문제라서요."

이에 그가 화들짝 놀랐다.

"혀, 형사처벌요?"

"예. 저희는 현 사태를 겨우 리콜 명령으로 끝낼 생각 없습니다."

박 전무는 몽둥이로 뒤통수를 얻어맞은 기분이었다.

'리콜 명령으로 끝나는 게 아니었어? 관련자 형사처벌까지?!'

"무엇보다 제 두 번째 질문이 중요한데."

"잠시만요. 그럼 그 형사처벌 범위는 어디까지입니까?"

"최종 결정권자…… 및 실무를 봤던 개발자들 모두 포함입니다."

"아니, 그럼……."

"걱정 마십쇼. 전무님께선 오늘 이 자리에 직접 나오셨으니 책임을 묻지 않을 겁니다."

무서움과 안도가 동시에 드는 말이다.

만약 오늘 이 자리에 응하지 않았더라면 자신도 함께 기소되었을 것이다.

"아무리 그래도 아직 인명 피해가 보고된 건 아닌데……. 좀 과하신 거 아닙니까."

"그래 봤자 살인이냐 살인미수냐 하는 차이죠."

그가 혼란스러워 하는 틈을 타 준철이 바로 서류를 내밀었다.

"사실 저흰 이것도 미수가 아니라 거의 살인이라 봅니다. X9 불량을 조사하다 아현차의 고질적 문제까지 알게 됐거든요."

"……."

"내구성 떨어지는 부품, 에어백 미작동 등 안전과 직결된 문제가 상당수 발견되었습니다. 그 차량이 무려 17만 대에요."

"……."

"과연 이 기간 동안 정말 억울하게 죽은 사람이 한 사람도

공정거래
위원회

없었을까요."

박 전무는 대답할 수 없었다.

생각해 보니 형사처벌이 그리 과한 게 아니다. 안전 문제는 해마다 지적되는 문제였고, 아현은 그럴 때마다 무상 수리로 땜빵하기 바빴다. 젊은 과장 말대로 정말 인명 피해가 단 한 건도 없었을까.

그가 자책감에 고개를 들지 못할 때, 준철이 가장 중요한 질문을 던졌다.

"지금까지 출시 이전의 얘기를 들었으니, 이젠 출시 이후의 일을 들어 보고 싶습니다."

"……."

"고객들이 대책 위원회까지 꾸릴 정도면 아현도 X9의 문제점을 어느 정도 인식하고 있었으리라 판단합니다."

"……."

"혹시 아현차 내부에서 이런 일에 대한 은폐 시도가 있었습니까?"

2

박 전무의 증언까지 확보한 준철은 가장 먼저 금감원에 공시를 요청했다.

사실 차량 리콜은 대개 당국이 '권고'하면 기업이 이에 승

복하는 형식으로 이뤄진다. 하지만 이번엔 리콜'명령'을 내려
야 할 것 같았다.

게다가 그 규모가 무려 17만 대. 유사 이래 최대 규모의 리
콜이다.

증권시장의 혼란이 불가피했으니 기업보다 주주들에게 이
사실을 먼저 알린 것이다.


—다음 소식입니다. 중고차 시장 진출로 아현차가 연일 신고가를 갱신
한 가운데, 공정위가 제동을 거는 결정을 내렸습니다.

6개월 전 출시된 X9 모델이 논란이었는데요. 공정위와 한국자동차안
전연구원의 공동 조사 결과 엔진 과열, 통기 불량 등 다수의 문제가 적발
되었습니다.

—그간 원인 미상으로 결론 났던 불량들이 처음으로 공식 확인된 것입
니다.

—이 과정에서 아현차의 다른 차종에도 상당한 불량들이 발견되었다
고 합니다. 합동 조사단은 총 불량 차량을 17만 대로 추산했고 아현 측에
즉각 시정 명령을 내릴 계획이라 밝혔습니다.

만약 현실화되면 유사 이래 최대 리콜 사태가 될 전망입니다.

—한편 공정위는 이 모두 핵심 내부자 증언을 확보했다고 발표했습니
다.


뉴스가 터지자 중고차 진출로 큰 상승을 했던 아현차 주가

가 단숨에 폭락해 버렸다.

주요 경제지와 애널리스트들은 적자가 수천억대에 달할 것이라며 목표 주가를 대거 낮췄다.

[속보- 아현차 불량 결함 조사]
[최근 출시된 X9 모델로 알려져]
[축포 속에 쏟아진 악재, 진실은?]

"이 무슨 일이야!"

홍상기 부회장은 임원들이 모인 자리에서 신문을 갈기갈기 찢었다. 폭락을 거듭한 아현차 주가는 단 일주일 만에 중고차 진출 호재 이전 가격으로 돌아가고 말았다. 하지만 그가 정작 화 난 이유는 그게 아니었다.

"이 모두 핵심 내부자의 증언을 확보했다?"

이 중에 배신자가 나왔다는 소리.

사실 누구인지는 말하지 않아도 알 수 있다. 임원들이 모두 집합당한 자리에서 박 전무의 빈자리는 누가 그 내부자인지를 말해 줬다.

"박 전무 어떻게 됐어?"

"사흘 전 연차를 내고 출근하고 있지 않다고……. 연락도 두절됐습니다."

"은혜도 모르는 새끼."

치가 다 떨린다.

하지만 지금은 배신자를 욕해 댈 시간이 없었다. X9 결함 조사로 시작한 불똥이 차량 17만 대로 튀지 않았나.

수출용 컨테이너선이 바다 한가운데서 침몰한 기분이다.

이제부턴 여기서 몇만 대를 무상 수리로 끝내고, 환불로 끝낼지 줄다리기해야 한다.

"지금 문제 된 차량이 17만 대라 했지? 그중 얼마나 환불해야 돼?"

"4만 대가량을 환불 조치하라 했습니다. 나머지는 무상 수리를 해도 되는 것 같습니다."

"그 돈이 얼만데?"

돈 얘기에 회의실은 어느 때보다 얼어붙었다.

"그…… 꼭 환불 조치가 나온다 해서 고객들이 다 환불을 요구하는 건 아닙니다. 바우처 지급, 보증 기한 연장으로 보상하면 꼭 환불이 아니어도……."

"쓸데없는 소리 말고 묻는 말에나 대답해. 예상 금액 얼마야?"

"저희 계산대로라면 2천억 대 정도로 추산하고 있습니다."

"그럼 한 3천억 각오해야겠군. 우리 임원들은 사태 축소하고, 내 앞에서 알랑방귀 뀌기 바쁜 사람들이잖아?"

듣고 싶은 대답이 나올 때까지 쪼는 게 누군데…….

"됐다. 이 문제 더 재론해서 뭐 해. 1만 대 아니, 많이 양보해서 2만 대로 끝내."

"……예?"

"환불은 딱 2만 대로 끝내라고. 나머지는 어떻게든 무상 수리로 끝낸다."

이번 회의도 어김없이 일방적인 명령이다. 부회장은 사태가 이 지경임에도 공정위와 줄다리기를 계속할 모양이다.

그렇게 회의를 끝내려 할 때, 바깥에서 문이 벌컥 열렸다.

회의실 사람들은 모두 놀랐다. 문을 열고 들어온 이는 다름 아닌 박 전무였기 때문이다.

"아니 저, 저 여기가 어디라고!"

주변의 따가운 눈총에 굴하지 않고 그는 부회장에게 고개 숙여 인사했다.

"늦어서 죄송합니다."

부회장은 눈빛이 이글거렸다.

"늦어서 죄송? 박 전무, 진짜 죄송할 건 따로 있지 않나?"

"굳이 부정하지 않겠습니다. 모두 다 죄송합니다."

"딱히 죄송한 얼굴이 아닌데?"

"하지만 부회장님도 다시 한번 생각해 주십쇼. 위기는 기회라 했습니다. 이번을 기회 삼아 아현이 도약해야 합니다. 당국의 리콜 요청을 무조건 수용하고, 선처를 부탁하시죠. 그게 저희가 살길입니다."

쾅-!

"배신자 새끼가 어디 뚫린 입이라고 함부로 나불거려?"

"……"

"당장 나가! 넌 더 이상 아현차 임원 아니야!"

그때 문밖에서 익숙하고 아주 불쾌한 목소리가 들렸다.

"아이고− 충신을 이렇게 내치니까 아현차가 박살이 나지."

"뭐, 뭐야, 넌?"

"이준철 과장입니다."

준철은 팀 과장 다섯 명을 동원해 회의실로 난입했다.

박 전무를 잡아먹을 듯 노려보던 임원들의 얼굴이 확 바뀌었다. 저승사자가 면전에 찾아왔으니 그럴 수밖에.

"홍상기 씨, 회사 경영 제대로 하고 싶으면 주변에 있는 이 간신들부터 치우세요."

"뭐?"

"X9 전말은 다 들었습니다. 엔지니어들은 다 반대했는데 본인이 고집 부려서 억지로 개발된 차라고."

"……"

"충신들의 직언을 왜 안 듣고 다 쫓아내기 바빴습니까. 주변에 이렇게 예스맨들만 있으니 제대로 된 결정이 나올 리 없죠."

준철은 한껏 빈정거렸다.

부회장 놈 자존심을 확 죽여 놔야 한다.

"지금 불난 집에 부채질하러 왔습니까?"

"집주인이 자기 집 불난 거 아는지 모르는지 확인하러 왔습니다."

"뭐?"

"카트리 공문, 우리 공문, 그리고 주가 공시. 사태가 얼마나 심각한지 이 세 루트로 다 들으셨을 텐데, 어째서 한마디 대답이 없습니까?"

왜 없겠나.

"설마, 사태가 이 지경인데도 승복 안 하려는 겁니까. 우리랑 줄다리기해서 리콜 대수 줄여 보려고요?"

연락이 왔어도 진작 왔어야 한다. 싹싹 빌고 진정성 있는 대책을 가져와도 모자랄 판국이다. 일언반구 말이 없다는 건 끝까지 싸워 보겠단 뜻이겠지.

준철은 씩 웃으며 한 서류를 내밀었다.

"우리 오붓하게 얘기 좀 합시다."

회의실 곳곳에서 신음이 터져 나왔다.

기소장이었다.

"아니 말 한 번 안 들었다고 기소를 해? 여기 무슨 5공화국이야?"

홍상기는 벌떡 일어나 소리쳤다.

그는 사실 사면초가였다. 언론 보도가 터지며 상승했던 주가분을 모조리 다 반납하지 않았나. 내막이 워낙 자세하게 퍼진 탓에 X9이 누구의 지시로 만들어졌는지까지 파다하게 퍼졌다.

이 여파로 그의 리더십엔 큰 타격이 생겼다. 세간에선 현재 전문경영인 체제까지 떠돈다.

"젊은 과장님이야말로 함부로 객기 부리지 마쇼. 공권력 함부로 남용하다간 큰코다칩니다."

"이게 어딜 봐서 공권력 남용이죠."

"모든 게 다! 리콜은 당국과 기업이 논의해 그 범위를 협상하는 겁니다. 근데 일방적으로 통보하고 말 안 들으니 기소를 때려? 이게 바로 행정폭력, 공권남용, 월권입니다!"

많이 억울한가 보다. 공무원들이 가장 무서워하는 키워드가 다 튀어나오네.

사실 관례적으로 보면 그의 얘기가 더 맞았다.

지금까지 대한민국에서 자동차 강제 리콜이 떨어진 사례는 없다.

당국이 권고하면 기업이 승복하는 형식으로 이뤄졌고, 여기에 도달하기까지 양자 간 치열한 줄다리기가 있었다.

한데 이 웬 깽판이란 말인가.

언론에 퍼트려 개망신을 주더니 대뜸 기소장을 내밀어 버린다. 하다못해 인명 사고라도 났으면 억울(?)하지라도 않지. 대형 사고도 벌어지지 않은 일에 기소장을 가져오니 고운 말이 나오지 않았다.

"뭔가 좀 억울해하시는 뉘앙스 같습니다?"

"네. 아주 억울합니다! 지금 인명 사고가 터진 것도 아니고, 그냥 흔하디흔한 자동차 불량 몇 건 발견된 건데 이렇게까지 해야 됩니까?"

보통 그런 걸 소 잃고 외양간 고치는 격이라 표현하는데.

이쪽도 사람 죽기 전까진 딱히 경각심을 못 느끼는 모양이다.

"어쩐지 한 통화도 없으시더군요."

준철은 이 헛소리를 오래 들어 줄 생각이 없었다.

"근데 이건 자동차 결함 때문에 나온 기소가 아닙니다. 은폐 의혹에 대한 기소지."

"……뭐?"

"개발 단계부터 이미 문제점이 상당수 보고됐다고 들었습니다. 그리고 출시 이후 하자 문제에 있어서 은폐 시도가 꾸준히 있었잖아요."

부회장이 악다구니를 썼다.

"거짓말하지 마! 그딴 적 없어."

"정말이에요?"

"당신이 나 코너로 몰려고 지금 없는 사실로 협박하는 거잖아. 이 이상 무례하게 굴면 나도 가만있지 않을 거요."

절대로 인정해선 안 된다!

자동차 불량은 기껏해야 업무상 과실. 아직 인명 사고가

난 것도 아니니 적당히 과징금 몇 푼 때려 맞고 끝날 문제다. 하지만 은폐 시도는 차원이 다른 죄질 아닌가.

"그럼 사실을 확인하는 수밖에 없겠군요."

이에 회의장의 모든 눈길이 한 사람에게로 쏠아졌다.

"박 전무님. 본인은 X9 모델에 어떤 역할을 했습니까."

"……차량 설계부터 생산까지 업무 총괄을 맡았습니다."

"그렇다면 누구보다 차종에 대한 이해가 깊겠군요. 전문가로서 정확한 설명 부탁드립니다."

박 전무는 부회장에게 슬며시 눈길을 보냈다.

지금이라도 늦지 않았다. 죄를 인정하고 소비자들의 무너진 신뢰를 다시 구축해야 한다.

무언의 눈빛에서 그리 간절하게 외쳐 봤지만 독기 가득한 눈총만 돌아올 뿐이었다. 이 자리에 모인 모두 마찬가지인 눈빛이었다.

이에 박 전무는 그냥 결심을 굳혔다.

회사의 안위보다 더 중요한 것은 지금까지 지켜 온 엔지니어로서의 자존심이다. 내가 만든 차로 누군가 죽는다는 건 상상도 하기 싫었다.

"X9은 설계부터 실패작이었습니다. 기존에 있던 대형 모델에서 체급만 다이어트시켰죠."

"박 전무!"

"그 결과 부작용이 속출했고 안전 문제도 장담할 수 없는

공정거래
위원회

수준에 이르렀습니다. 이 모두 우리가 예상하고 있던 결과였습니다."

박 전무의 목소리가 단호했다.

"이미 개발 단계부터 부실이 지적되었단 말씀이군요. 그걸 강행한 건 누굽니까."

"홍상기 부회장님입니다."

"자, 자네 진짜!"

"좋습니다. 여기까진 개발 단계였고요. 이 이후에도 문제점이 지적되었죠?"

"네. 소대위 사람들로부터 하자 문제가 접수됐습니다."

"아현차는 아무런 응대도 하지 않은 것으로 압니다만."

박 전무가 고개를 끄덕였다.

"네. 저희 쪽에서 문제를 덮었습니다."

"어떻게 덮었죠?"

"소대위의 환불 요구를 무시하고 무상 수리로 덮으려 했습니다. 소대위는 당연히 이에 응하지 않았고, 저희는 강행했습니다."

"어떻게 이런 일이 벌어질 수 있었죠?"

"결함 책임은 항상 제기하는 쪽에 있습니다. 저희는 그 법의 빈틈을 이용했습니다."

고맙게도 박 전무는 약속한 말을 다 실토해 주었다.

이로써 회의실은 완전히 정적에 잠겼다. 이제 더 이상 그

를 노려보는 눈빛도 찾아볼 수 없었다. 저러다 부회장님의
숨은 비자금까지 다 실토하는 건 아닌지 우려스러웠다.

그렇게 길고 긴 진술이 끝났을 때, 준철이 물었다.

"마지막으로 할 말이 있습니까."

"모두 다 죄송합니다. 진심으로……."

그는 소매로 눈물을 훔쳤다.

"하지만 회사에 대한 저의 충정만은 꼭 알아주십쇼."

"……."

"개발자로서 인명 사고가 뻔히 보이는 차를 더 이상 두둔
할 순 없는 일입니다. X9의 실패를 인정하고 시장에 전량 회
수해야 합니다."

"……."

"아울러 불량 부품 문제를 점검하고, 안전 문제에 더욱 만
전을 기해야 합니다. 부디 제가 하는 고백이 내부고발이 아
닌 회사를 위한 직언임을 알아주십쇼."

이건 준철이 아닌 부회장에게 하는 말이다.

그의 마지막 진술이 끝났을 때, 준철은 그를 일으켜 먼저
자리를 떠나게 배려했다.

그렇게 한참 뒤, 준철이 물었다.

"저희 조건을 말씀드리겠습니다. 총 리콜 차량은 17만 대.
X9은 전량 회수하고 조건 없이 고객들에게 환불해 주세요."

"……."

"이 중 불량 부품을 사용했던 4만 대 또한 환불 대상입니다. 총 13만 대가 되겠네요. 그 외 나머지 차량에 대해선 무상 수리 지원을 허가하겠습니다."

채찍으로 실컷 내려쳤으니, 이젠 당근도 꺼내야 한다.

"이 조건에 응하시면 형사처벌은 없을 겁니다. 천만다행히도 아직 인명 사고가 접수된 건 아니니. 하지만 끝까지 가면 저희도 별수 없겠죠?"

"……."

"저희는 누군가의 처벌보다 현 사태 조속한 해결을 원합니다."

너그러운 말투로 말했지만 명령임을 강조했다.

홍상기는 긴 한숨을 내쉬더니 이내 고개를 끄덕였다.

"리콜 명령에…… 모두 승복하겠습니다. 무상 수리도 잡음 없게끔 신경 쓰겠습니다."

❦

－먼저 일련의 사태들로 국민 여러분께 심려를 끼쳐 드려 죄송합니다.

이튿날.

아현차는 공식 성명을 냈다.

연단에 선 홍상기 부회장은 미사여구 가득한 말로 입장을

설명했다. 요지는 결국 당국의 결정에 승복하겠다는 내용이
었다.


—아시다시피 현재 저희 아현차 X9에는 구조적인 큰 결함이 발견되었
습니다. 아울러 저희 아현차 17만 대가 도마에 올랐습니다.

이에 저희 아현은 고객들의 안전이 최우선이라 판단, 4만 대를 즉각
환불해 드리며, 무상 수리해 드릴 것임을 발표드립니다.

이번 위기를 도약의 계기로 삼아 더욱 정진하는 아현이 되겠습니다.


누가 들으면 단번에 승복한 줄 알겠다. 입씨름하던 장면을
녹화해 전 국민에게 뿌렸어야 하는데.

다행히도 기자들은 이를 그냥 받아쓰기만 하는 바보들은
아니었다.


[리콜 논의에 상당한 진통이 뒤따랐던 것으로 알려져]

[업계 최초로 내려진 리콜 명령]

[그에 대한 파장은?]


비하인드 스토리를 쭉 퍼트리며 아현의 구질구질함을 만
천하에 알렸다.


—그럼 그렇지 이 미친놈들!

공정거래
위원회

난 또 하도 비장하게 발표해서, 아현이 구국의 결단이라도 내린 줄 알았다.

　-또 속냐? ㅋㅋ 원래 자동차 리콜은 다 권고에서 마무리된다.
　-ㅇㅇ 강제 리콜까지 간 거 보면 어지간히 버틴 거.
　-저 새끼들 내수 차량 수출차 차별만 안 해도 이딴 일 못 벌이는데……
　-속보! 속보! 아현차 공식 판매 홈피에 보상안 뜸!
　리콜 대상 차량에 바우처랑 보증 기한 연장해 준다고 광고해 대네.
　-키야~ 이 새끼들 어떻게든 환불 차량 줄여 보려고ㅋㅋㅋㅋ
　-하여간 이럴 때 내놓는 보상안은 빨라
　-여기에 속는 흑우 없제? 돈 몇 푼 받고 똥차 계속 끌다가 골로 간다잉~

아현차의 표리부동한 작태는 네티즌 사이에서 조롱거리가 되었다.
"고생했다. 단일 기업에게 17만 대 리콜은 전무후무한 기록이구먼."
유경민 국장은 흐뭇한 얼굴로 준철을 칭찬했다.
그야말로 엄청난 성과다. 행정소송까지 가도 이상하지 않을 사건에 승복을 받아내지 않았나. 카트리에 불량 조사를 의뢰한 것이 신의 한 수였다. 준철의 활약이 없었더라면 최소 3년은 끌었을 사건이다.

"근데 이건 뭐야?"

유 국장은 별도로 만들어진 서류에 눈을 돌렸다.

"법 개정안입니다."

"법 개정?"

"네. 현행법은 고객 쪽에 입증 책임까지 물어 문제 제기가 쉽지 않습니다. 때문에 이런 문제가 계속 누적되어 17만 대 리콜 사태까지 간 거고요."

"그럼 앞으로 기업에 입증 책임을 묻자는 거야?"

"네. 알아보니 유럽과 미국 쪽은 기업이 문제없음을 증명해야 하더군요. 참고해서 법을 개정하면 소비자 권익을 한층 더 강화할 수 있을 것 같습니다."

유 국장은 웃음을 터트렸다.

"내 참 살다 보니 국장한테 일 시키는 과장을 다 보네."

"그런 건 아니지만……."

"웃자고 한 소리다. 암─ 이렇게 철두철미하게 마무리해야 다음에 같은 사건 재발 안 하지. 다음 차관 회의 때 내가 적극적으로 법 개정 어필해 보지."

보면 볼수록 기특한 놈이다.

기업에 책임을 묻는 것으로 그치지 않고, 이런 문제를 원천적으로 차단할 만한 대책까지 가져오지 않는가.

"대신 이건 내 이름으로 발표해도 되냐? 개정안 보고서 아주 훌륭한데?"

"당연하죠."

"당연은 얼어 죽을. 출처가 누군지 확실히 밝힐 거니까 마음의 준비해. 진짜 법 개정 이뤄지면 이 과장이 국회 참고인으로 가야 돼."

"……알겠습니다."

국회라…… 거긴 왜인지 이름만 들어도 알레르기가 튀어나온다.

"마지막으로 이건 뭐냐?"

유 국장은 마지막 별첨 자료를 들었다.

"그건 제 연차 신청서입니다……."

"뭐? 연차?"

"네. 종합국 과장으로 부임하자마자 계속 일만 해서…… 다음 주에 한 이틀만 좀 쉬고 싶습니다."

이 정도면 공무원이 아니라 공노비다. 30대가 되니 서서히 체력도 달린다.

유 국장은 민망했던지 머리를 긁적였다. 준철이 오자마자 일을 시작했던 건 다름 아닌 그의 지시였기 때문이다.

"이틀 가지고 되겠냐? 한 사흘 쓰지."

"아이고- 아닙니다. 사건 다 직접 맡느라 팀장들 결재 많이 밀렸습니다."

"그 결재 나한테 가져오라 그래. 내가 대타 뛰면 되잖아."

과장 업무를 국장님이 대신 해 주겠다고?

감동이 밀려오는 준철이었다.

"사흘로 시켜 줄 테니까 편히 쉬어. 대신 돌아오면 더 일당 백으로 뛰어야 돼."

"넵. 알겠습니다."

"오늘이 목요일이니까 그냥 내일부터 휴가 할래? 금, 월, 화. 이렇게."

"아닙니다. 밀린 결재가 남아서 내일은 그냥 출근하겠습니다. 월화'수' 쉬겠습니다. 흐흐."

그렇게 연차를 쓰고 나오는 길.

준철은 자리로 돌아와 쓰러져 버렸다. 팀장들이 올려 댄 보고서는 눈에 들어오지도 않았다.

서울로 오고 난 후부터 정말 정신이 없었다. 한육원 담합부터 오늘까지. 정말 오자마자 한 일이 너무나도 많다.

'정신이 하나도 없네.'

연차 수리되면 당분간 일 좀 생각 안 하고 편히 쉬어야겠다.

질 끝판왕 사망

한명그룹
김성균 본부경

천재지변

금요일 아침의 여의도.

직장인들이 공중제비를 도는 주중 마지막 날이었지만, 종합국 황 팀장 사무실엔 무거운 적막만이 감돌고 있었다.

다크서클에 파묻힌 반원들의 얼굴이 모든 걸 말해 준다. 지난 한 달이 얼마나 고단했었는지.

하지만 고생했던 것과는 별개로 이젠 결과를 인정해야 할 때다.

"팀장님, 비록 증거는 못 찾았지만……. 이거 리베이트 납품 맞습니다."

성진유업의 납품 의혹이었다.

놈들은 리베이트로 수도권 산후조리원에 분유 납품권을

따냈다. 그 수가 무려 50여 곳, 납품 규모 320억대! 이는 수도권에서 태어난 신생아 7명 중 1명이 리베이트 분유를 먹었단 뜻이기도 했다.

3팀은 지난 내리 한 달을 추적하며 이에 대한 증거를 찾으려 노력했다. 하지만 아무런 증거도 찾지 못하며 조사는 제자리걸음 중.

지금 가장 화가 나는 건 이번 조사가 왜 실패했는지 알 것 같다는 것이다.

"성진유업. 10년 전에도 분유 리베이트 하다 적발된 적이 있습니다. 근데 그때 솜방망이 처벌로 끝났어요."

"이 자식들 아무래도 범죄 수법을 더 진화시킨 것 같습니다."

성진유업은 이미 동종 전과가 있는 기업이었다.

10년 전에도 무려 200억대 분유 납품이 적발돼 임원들이 줄소환당했다. 하지만 그 조사는 고작 과징금 2억으로 마무리되었다.

이번엔 그땐 쓴 수법이 아니라 또 창의적인 리베이트 방식을 개발해 낸 것 같다. 범죄 수법이 더 진화했으며 이젠 빈틈조차 찾을 수 없다.

하긴 200억짜리 리베이트를 과징금 2억으로 마무리했으니 어떤 바보가 이걸 반성하겠나.

한국 3대 우유업체 중 하나인 성진유업에 2억은 훈방이나

공정거래
위원회

다름없는 처벌이었다.

"후우……."

책임자인 황 팀장이 무겁게 한숨을 쉬었다.

"기왕 이렇게 된 거 우리 원점에서 재검토해 보자. 성진유업, 이거 리베이트가 아닐 수도 있나?"

"절대 그럴 리 없습니다. 경기권 산후조리원 20곳이 5년 동안 성진 분유만 썼어요. 이것도 서로 시차가 다르면 모를까. 무슨 이북에서 지령 내려온 간첩처럼 한날한시에 분유를 다 바꿔 버렸습니다."

"서울권 30여 곳도 똑같습니다. 정확히 3년 전에 분유 바꾸고 단 한 차례도 바꾸지 않았죠."

황 팀장은 조심스러웠다.

백번 양보해서 그럴 순 있다. 그래도 성진유업이 나름 업계 인지도는 높은 편 아닌가.

"그건 성진유업의 경쟁력이 반영된 게 아닌가. 뭐 품질이나 가격 같은……."

"절대 아닙니다. 성진유업이 야쿠르트, 커피 · 음료 등에선 부동의 1위지만 분유 업계에선 시장점유율이 겨우 8위밖에 안 돼요."

"분유는 애초에 성진유업의 주력 사업도 아니었습니다. 시장 진출도 겨우 15년밖에 안 되죠."

김 반장은 이 지지부진한 논쟁에 쐐기를 박았다.

"팀장님, 그냥 이 판매 지도 하나만 봐도 답이 딱 나옵니다. 경기권 20곳, 서울권 30곳. 이게 지금 수도권 전 지역에 퍼져 있는 게 아니라, 특정 지역에 쏠려 있지 않습니까."

"……."

"리베이트로 따낸 납품이 아니라면 이런 판매 지도가 나올 수 없습니다."

성진유업의 판매 지도는 아프리카 국경선을 방불케 했다. 누가 수도권 지도를 펼쳐 놓고 공략 지점을 지시해 준 듯 특정 지역에만 강세를 보였다.

"근데 왜 증거가 안 나오는 거야 대체!"

답답함 마음에 짜증이 튀어나오는 황 팀장이다.

종합국 3팀이 지난 한 달을 허송세월로 보낸 게 아니었다. 성진유업의 영업 자료를 싹 다 압수하고 의심 내역을 샅샅이 뒤졌다.

1년 치 자료에서 범행이 확인되지 않아 2년 치를 요구했고, 그렇게 5년 치 자료까지 훑어봤지만 증거는 아무것도 찾아내지 못했다.

"고정하세요, 팀장님. 성진유업 놈들 원래 이런 방면에서 선수 아닙니까."

따지고 보면 10년 전 그 솜방망이 처벌이 문제였다. 한 20억을 부과했으면 정신을 바짝 차렸을 텐데 고작 2억짜리 과징금으로 끝나 버렸으니.

공정거래
위원회

공정위의 솜방망이 처벌이 범죄 수법을 진화시켰다 해도 과언이 아니다.

"젠장."

하지만 지금은 지나간 과거만 탓하며 손 놓고 있을 때가 아니었다.

최근 성진유업의 사세가 급격히 성장하고 있다.

불과 3년 전만 해도 리베이트 납품이 고작 20여 곳으로 확인됐는데, 자신들 수법이 절대 안 들킨단 확신이 드니 마구잡이로 사세를 늘린 것 같다.

그 결과 저출산으로 산부인과 폐업이 속출하는 이 시국에도 수도권 50여 곳을 함락시켜 버렸다. 더 두고 보다간 곧 150이 될 것이다.

"이번 리베이트는 의심되는 돈이 얼마야?"

"지난번보다 더 큽니다. 최소 320억 정도요."

"이 자식들 내버려 두면 더 사세를 키우겠지?"

"……네. 분유 업계에선 산후조리원이 전쟁터라 하더군요. 가만두면 더 커질 겁니다."

신생아들이 태어나 처음으로 먹어 보는 외부 음식이 바로 분유다. 이 신생아들의 단순한 입맛을 잘 길들여 놓으면 산모들의 구매가 계속 이어진다.

이렇듯 중요한 시장인데 성진유업이 어디 가만있겠나. 누군가 제재하지 않으면 놈들은 더욱더 사세를 키울 것이다.

긴 생각 끝에 황 팀장이 결단을 내렸다.

"됐다. 어차피 이건 우리 선에서 해결 안 되겠어."

그는 서류를 들고 자리에서 일어났다.

"오늘 과장님께 보고해 보지."

준철은 새삼 일상의 소중함을 느끼고 있었다.

어차피 다 먹고살자고 하는 일인 걸 뭐 그렇게 치열하게 살았던지.

"날씨가 참 맑네요. 좋은 아침입니다."

준철은 만나는 사람마다 밝게 인사하며 안부를 물었다.

사람이 마음에 여유가 있으니 확실히 인상부터 달라진다. 오늘만 지나고 나면 주말 포함, 장장 5일간의 휴가가 아닌가!

반원들에게 납치당하듯 끌려갔던 낚시터를 제외하곤 이렇게 길게 쉬어 본 적도 없었다. 그때도 하필 어협의 담합을 적발하느라 휴가가 아닌 출장을 다녀온 기분이었지.

이번엔 일에서 완전히 해방된 휴가를 만끽할 참이다.

"너무 좋아하시는 거 아니에요?"

"그랬나요? 하하."

"어디 뭐 여행이라도 가시나 봐요."

"아니요. 집에만 있을 겁니다. 바깥에 돌아다니면 꼭 사고에 휘말려서."

"5일 동안요?"

"그래, 5일 동안. 아무것도 안 하고 집에만 있을 거야."

준철의 너스레에 팀장들이 웃음을 터트렸다.

같이 일하고 난 이후 과장님의 사적인 얘기는 처음 들어 보는 것 같다. 하긴 부임하자마자 변변한 회식도 없이 바로 업무에 투입되지 않았나. 일이 질릴 만도 됐다.

"오늘은 간단히 업무 지시만 드릴 테니, 큰 문제 생기면 언제든 연락 주세요."

말은 그렇게 했지만 5일 동안 휴대폰을 꺼 놓을 계획이었다.

준철은 밀린 서류 더미를 검토했다.

"오 팀장님, 그 담합 사건은 관련 부처랑 잘 협의해 주세요."

"네."

"김 팀장님, 이건 그냥 기소 치는 게 좋겠습니다. 검찰에 넘겨서 얼른 끝내 버리세요."

"알겠습니다."

"마지막으로 서 팀장. 자기는 어차피 지금 맡고 있는 사건 없지?

"네."

"잘됐다. 민원실 가면 국민 신문고에서 넘어온 민원 자료 있을 거야. 거기서 디벨롭시킬 만한 사건 검토 좀 하고 있어. 나 복귀하면 바로 일 들어가게."

"아, 예. 알겠습니다."

밀린 업무가 참 많다. 본래 과장이란 자리가 위에서 지시나 내리는 자리인데, 현장에서 직접 뛰다 보니 결재할 겨를이 없었다.

아무튼 이로써 오늘 업무는 끝.

"모두 고생하셨습니다. 나머진 저 복귀하고 나서 계속 회의하죠."

"네. 휴가 잘 다녀오세요. 과장님. 고생 많으셨습니다."

"말씀 감사합니다. 그럼 오늘 회의는 여기서 마치도록 하죠."

회의가 끝나자 팀장들이 한둘 일어나기 시작했다.

"과장님 저…… 따로 드릴 말씀이 있는데요."

하지만 갑자기 불안한 생각이 들었다.

모두가 돌아가는 와중에 황 팀장이 자리를 지키고 있었기 때문이다. 안 그래도 그는 오늘 회의 내내 똥 마려운 강아지처럼 자리를 지키고 있어 뭔 일 있나 싶던 차였다.

"무슨 일 있습니까?"

"이거 참…… 휴가 앞두셨는데 드릴 말씀은 아니지만."

"뭔데요."

"리베이트 납품을 하나 잡았는데 이게 좀체 진도가 안 나

공정거래
위원회

가서요. 어떻게 해야 하는지 좀 상의 좀 드리고 싶습니다."

황 팀장은 서류 한 부를 건넸고, 준철의 얼굴은 짜게 식어 갔다.

"그러니까…… 분유 납품 비리라는 겁니까. 상대는 성진유업이고요?"

"그렇습니다."

"이거 제가 아는 그 성진유업 맞죠?"

"네. 거기 맞습니다."

성진유업은 준철에게도 매우 익숙한 기업이었다.

아니, 국민 모두에게 매우 유명했다.

그건 바로 성진이 한국의 3대 유제품 기업으로 남녀노소 모두가 좋아할 만한 음료 제품을 생산하기 때문……이 아니라 갑질 녹취록으로 큰 파문을 겪었기 때문이었다.

영업 사원의 폭언과 협박은 그간 성진유업이 어떻게 영업을 해 왔는지를 여실히 보여 주었다. 한국 3대 유제품 기업 타이틀은 편의점주들의 피눈물로 이룩한 성과라 해도 과언이 아니다.

'이 자식들 아직도 정신 못 차렸어?'

그랬던 놈들이 또다시 지저분한 영업 방식으로 도마에 올랐다. 갑질로는 모자랐는지 이번엔 리베이트다.

저간의 사정을 전해 들은 준철은 미간을 찌푸렸다.

"지금 현재 어디까지 발견된 건데요?"

"산후조리원 50여 곳을 확인한 결과, 모두 리베이트로 추정됩니다."

"그래도 성진유업의 명성이 있지 않습니까. 품질이나 가격 경쟁력은 꽤 괜찮은 것으로 아는데……."

"그랬더라면 이렇게 나오지 않았을 겁니다."

황 팀장은 수도권 특정 지역에 편중된 판매 지도를 펼쳤다.

"문제 된 조리원들 납품 기록을 보면 모두 비슷한 연도에 분유 납품 업체를 바꾼 것으로 파악됐습니다."

"……."

"그렇다고 성진유업의 시장점유율이 높은가? 아니요. 성진이 음료 제품 업계에선 강자일진 몰라도 분유 업계에선 시장점유율 겨우 8위에 지나지 않습니다."

"……."

"심지어 가격이 싼 것도 아니고, 소비자들 평판이 좋은 것도 아닙니다. 조리원 입장에서 이 제품을 쓸 이유가 전혀 없습니다."

준철이 한숨을 쉬었다.

"근데 왜 증거가 안 나오는 겁니까."

"아무래도 범죄 수법을 더 진화시킨 것 같습니다."

"진화요?"

"네. 사실 성진유업이 10년 전에도 비슷한 비리로 적발당한 적이 있거든요. 그땐 200억대 분유 납품 비리였는데 과징금은 고작 2억에 그쳤습니다."

지난 1차 적발이 성진의 자신감을 키워 주었다.

이 부분만 조심하면 당국의 적발을 따돌릴 수 있구나, 혹 또다시 걸린다 해도 범죄로 얻을 수 있는 수익이 압도적으로 높구나.

성진유업은 악덕 기업답게 또 이런 쪽으론 피드백이 빨랐다.

범죄 수법을 더 보완해 이젠 증거를 찾을 수도 없는 리베이트를 개발해 내었다.

놈들의 전과로 보나 이 기형적인 판매 지도로 보나 확실히 문제는 있어 보인다.

아니, 리베이트 납품이란 확신이 든다. 지저분한 영업 방식으로 이미 정평이 나 있는 기업이 아닌가.

하지만 이와 별개로 준철은 인간적인 고민에 잠겨 있었다.

'왜 하필 오늘이냐…….'

가뭄에 단비 같은 휴가 5일.

지친 심신을 달래기엔 이것도 부족한 시간이다.

부임하자마자 굵직한 사건을 맡으며 밤샘은 예사였고, 주말 반납도 밥 먹듯이 했다. 그런 마당에 한 달 동안 조사해도 증거 하나 잡을 수 없었던 사건을 맡는다? 생각만으로도 몸에서 알레르기 반응이 일어나는 것 같았다.

"과장님, 그냥 돌아오신 다음에 다시 얘기 나눠 볼까요."

한동안 침묵에 잠겨 있으니 황 팀장이 눈치를 보기 시작했다.

"그럴 시간 여유가 있습니까? 이미 한 달이나 지체한 걸로 아는데."

"그건 그렇습니다만 저희도 다양한 가능성을 열어 둘까 생각 중입니다."

"다양한 가능성요?"

"이러나저러나 증거가 안 나온 건 사실이잖습니까. 성진유업의 무혐의도 검토하고 있습니다."

이 바닥엔 명백한 범죄도 증거불충분으로 무혐의 되는 일이 허다하게 많았다.

하지만.

"그런 종류의 가능성이면 생각도 마세요."

"예?"

"성진유업이 간댕이 부어서 지금 계속 사세를 확장하고 있다면서요."

"아……. 예."

"이미 지난 1차 적발 때 나쁜 선례를 만들었습니다. 이번에

공정거래
위원회

도 넘어가면 성진유업이 분유 대통령이 될 겁니다."

1차 적발 때 솜방망이 처벌로 끝내고, 2차 땐 무혐의로 끝
낸다? 이건 호랑이 새끼한테 날개를 달아 주는 격이다. 그 기
세를 몰아 수도권 전체를 다 집어삼킬지도 모른다.

"황 팀장님, 이거 조사 어떻게 진행했습니까?"

"딱히 별다를 게 없었습니다. 성진유업에 해당 사실 통보
하고 영업 자료 전부 다 제출하라 했죠. 근데 5년 치 자료를
다 뜯어 봤는데도 증거가 안 나오더군요."

"그럼 여기 거론된 병원들은 만나 봤습니까?"

"산후조리원요? 네, 만나는 봤습니다만 그것도 소득
은……."

"왜요? 이 병원장들은 겁 좀 주면 실토할 법도 한데."

"저희 조사 상황을 다 전달받은 모양이에요. 완강히 부인
했고 자백도 못 얻었습니다."

기업은 영악하다.

진전은 없어 보이는데, 당국이 요구하는 자료만 많아지니
조사가 안 풀린다는 걸 눈치챘을 것이다. 더군다나 상대는
공정위를 안방처럼 들락거린 성진유업 아닌가. 이미 각 병원
장들에게 조사 매뉴얼을 다 전달했을 것이다.

이런 상황에서 자백을 기대하는 건 감나무 밑에서 입만 벌
리고 있는 격.

뿌리까지 흔들어 놓지 않으면 절대로 홍시는 떨어지지 않

는다.

"쓸 수 있는 방법은 다 써 봤군요."

"네. 근데 진전이 없었습니다."

준철은 턱을 괴고 생각에 잠겼다.

영업 자료 압수에 자백 유도.

이 정도면 3팀도 할 만큼 다했다. 근데 왜 증거 하나 못 잡았을까? 대체 무슨 기상천외한 리베이트를 고안해 냈기에……

"과장님, 그래도 휴가는 다녀오세요. 계신 동안 저희도 뭘 놓치고 있었는지 다시 한번 확인해 보겠습니다."

"괜찮습니다. 어차피 지금 이 기분으론 휴가 가도 일 생각만 날 것 같네요."

준철은 사실상 휴가를 단념했다.

이 자료 몽땅 들고 가 집에서 검토하느니 차라리 출근하는 게 낫지.

무엇보다 이 사건은 준철의 호기심을 자극했다. 지저분한 영업 방식에 도가 튼 놈들이 이번엔 또 무슨 획기적인 방법을 개발했을까?

"황 팀장님."

"네."

"이거 요약본 말고, 조사 자료 전체 다 복사해서 저한테 한 부 넘겨주세요. 어디가 허점이었는지 같이 파악해 봅시다."

"알겠습니다. 그럼 다음 주까지……."

"아니요. 오늘 해 주세요."

"……예?"

"주말 동안 검토할 겁니다."

준철의 눈빛이 이글이글 타올랐다. 아무래도 휴가 못 간 한풀이를 여기다 할 것 같다.

"그리고 돌아오는 월요일엔 조사팀 다시 꾸려 봅시다. 이 거 좀 길게 싸워야 할 것 같네요."

"아, 예. 그럼 혹시 카르텔 조사국에 협력 요청을……?"

"뭐 일단 우리 종합국 인력으로 해결해 보죠. 인력 요청해 봐야 어차피 앓는 소리만 들을 테니."

"그건 그렇죠."

"3팀도 이번 주말에 이 자료 꼼꼼하게 검토해 주세요."

주말 반납하고 일 하란 소리였지만 황 팀장은 찍소리도 할 수 없었다.

휴가 반납한 과장 앞에서 그까짓 주말쯤이야…….

<br>

이른 아침 월요일.

서 팀장은 긴장한 채 엘리베이터로 향했다.

첫 휴가로 들떠 있던 과장님이 돌연 휴가를 취소하지 않았나.

사회 초년생이지만 그 또한 군필자였다. 휴가 짤린 고참들이 걸어 다니는 시한폭탄이란 걸 잘 안다.

'대체 얼마나 큰 사건이기에…….'

차라리 업무라도 많으면 좋겠건만 애석하게도 그는 마침 맡고 있는 사건이 없었다.

긴 한숨을 내쉬며 과장실 문을 열자 예상을 한 치도 벗어나지 않은 얼굴이 그를 반겼다.

"일찍 왔네."

"아, 예."

"좋은 아침."

"예……. 과장님도 좋은 아침입니다."

과장님은 한눈에 봐도 좋은 아침을 맞이한 사람이 아니었다.

헝클어진 머리에 찌든 땀 냄새, 그리고 금요일에 봤던 복장. 지난 주말 내리 반납하고 집무실을 지키고 있었다는 걸 말해 준다.

"커피 한잔할래?"

"괜찮습니다. 마시고 왔습니다."

"한 잔 더 마셔. 당분간 밤 좀 많이 새워야겠다."

등 뒤에서 식은땀이 흘렀다.

저건 과장님이 폭탄 줄 때 쓰는 단골 멘트다. 저 사람 입에서 저런 말이 나오면 어김없이 업무 지옥이 펼쳐졌다.

커피를 사약 마시듯 비우니 준철이 서류 하나를 건넸다.

"큰일이 하나 떨어졌는데 적임자를 찾기 힘드네."

"……."

"서 팀장, 병원 리베이트 사건 나랑 한번 해 봤지?"

"네. 한성대병원 사건요."

"그거랑 조금 비슷한 사건인데, 우리 이거 한번 맡아 보자. 우리 지금 전문 인력이 필요해."

뭔가 이상했다. 겨우 딱 한 번 맡아 봤는데 전문가라고 할 수 있나.

"과장님, 제가 리베이트 사건은 딱 한 번 맡아 봤는데요. 전문가라 하기에는."

"그거 내 밑에서 맡은 조사잖아. 그럼 속성으로 배운 거야. 서 팀장 전문가 맞아."

아니라고 한들 무엇 하리.

서 팀장은 체념하며 서류로 고개를 돌렸다. 사건 개요는 간단했다.

"성진유업이 산후조리원한테 리베이트를 돌렸다. 연루된 업체가 총 50곳. 10년 전에도 같은 죄 저질러서 적발된 적 있는데, 이 새끼들 버릇 못 고쳤어."

뒷장으로 넘기니 10년 전에 왜 버릇을 못 고쳤는지 단번에 알 수 있었다.

200억 짜리 리베이트 사건이 겨우 2억 과징금으로 끝나 버렸다. 그때 버릇을 잘못 들여 놓은 대가가 320억짜리 리베이트로 돌아왔다.

"당연히 이번엔 그 버릇 제대로 고쳐 줘야겠지? 과징금 단단히 물릴 거다."

이 양반이 뭔가를 결심할 땐 항상 피바람이 몰려왔다.

서 팀장은 속으로 죽었구나 싶었다.

"근데 과장님. 성진유업이면 거기 아닙니까? 그 갑질 녹취록."

"어, 서 팀장도 그 사건 알아?"

"대한민국에서 그 사건 모르면 간첩이죠."

성진유업은 업무 초짜인 서 팀장에게도 익숙한 기업이었다.

영업 사원이 편의점 사장에게 폭언과 욕설을 했던가?

당시 사회적 파장이 엄청나서 업계에 대대적인 밀어 넣기, 끼워 팔기 단속까지 벌인 것으로 기억한다.

"서 팀장 제법이다? 자기 부임하기 전일 텐데."

"제가 또 고시 공부하면서도 뉴스는 꼬박 챙겨 봤습니다."

서 팀장은 과장님의 칭찬에 잠시 우쭐해졌다.

"그래서 김성진 회장이 해당 직원 해고하고, 사과 성명까지 냈잖습니까. 당시 법원도 죄질과 사회적 파장을 고려해 대리점 갑질로는 최대 금액이었던 130억대를 부과한 걸로 알고 있습니다."

준철은 흡족하게 웃었다.

"좋다, 서 팀장. 그럼 내가 성진유업에 대해선 두 번 설명할 필요 없겠네."

"네. 제가 1심 판결까지 지켜볼 정도로 관심이 많았습니다. 이 자식들 저질 영업 방식 아직도 못 버렸구먼. 갑질에 이어 리베이트까지……. 아주 가관입니다."

서 팀장은 준철이 워낙 칭찬에 인색한 사람이라 이번 기회에 점수 좀 따고 싶었다.

"그럼 그 뒷내용도 알고 있겠지?"

"예?"

"1심 판결까지 지켜봤다며. 3심 최종 선고 결과도 아는 거 아니야?"

"3, 3심까지 갔습니까?"

1심에서 130억대 과징금 판결.

여기까지가 국민들에게 알려진 사실이다.

하지만 놈들은 이걸 3심까지 끌며 과징금을 5억대로 줄였다. 앞에선 사과하고 뒤에선 초호화 변호인단을 동원하여 과징금을 악착같이 깎아 낸 것이다.

"아……. 그걸 5억대로 줄이기까지 했군요. 몰랐습니다."

"그럴 수 있어. 고시 공부할 때 누가 기업 3심까지 지켜봐."

"솔직히 전 그 사건 항소할 줄도 몰랐습니다……."

"이놈들 이번에도 그럴 거야. 우리도 이 사건 재판까지 갈 각오해야 돼. 최소 3심까지."

서 팀장은 그제야 왜 과장님이 휴가를 반납했는지 알 수 있었다.

어디 보통 독종들인가. 진짜로 재판 각오하고 싸워야 할 상대다.

"근데 과장님, 뭐 대강 자료 보니 사건 금방 끝날 것 같은데 지금 어디까지 진행된 겁니까?"

"아무것도 진전된 게 없다."

"예?"

"3팀이 한 달 동안 조사했는데 증거를 못 찾았어. 이 자식들 리베이트를 보통 방법으로 한 것 같지 않아."

믿기지가 않는다.

조리원 50곳을 털면 진작 나왔어야 하는데 대체 어떻게?

"아마 1차 적발 때 더욱 교묘해지는 방법을 배운 모양이야."

"아……."

"이제부터 우리가 조사하면서 찾아야 돼."

준철은 복사본 서류를 하나 건넸다.

"일단 이거 가져가서 사건 개요부터 파악해. 파악 다 끝나면 바로 3팀으로 붙는다."

"네."

"모르는 거 있으면 황 팀장님한테 적극적으로 물어보고."

"알겠습니다."

서 팀장이 꾸벅 인사를 하고 나가자 준철은 고민에 잠겼다.

사실 준철도 이유를 몰랐다.

황 팀장이 무언가 무리를 한 것도 아니고, 조사 과정에서 실수를 한 것도 아니다. 매뉴얼대로 영업 자료 다 깠고 거기서 문제 될 만한 것들을 추렸다.

지난 주말 내내 조사 과정을 되짚어 봐도 무엇을 놓쳤는지 알 수 없었다.

보통의 리베이트는 회사 영업 자료에서 각 산부인과에 돈 쏜 흔적이 바로 나와야 하는데, 눈 씻고 찾아 봐도 없다.

'혹시…… 해외 계좌 송금? 아니야. 산부인과 하나 구워삶는데 돈세탁까지 하진 않았겠지.'

그건 수수료가 더 많이 나올 터다.

'백화점 상품권? 아니면 직원들 월급으로 털기?'

그것도 아니다. 명색이 성진유업이 코스피 200에 상장된 기업인데 월급 장난을 어떻게 칠 수 있겠나.

'대체 뭐야…….'

질 끝판왕 사망

한명그룹
김성균 본부

성진유업

유 국장은 휴가도 반납하며 일에 몰두하는 준철이 미안하면서도 대견스러웠다.

과연 무데뽀 과장이다.

팀장 하나가 어려운 사건을 가져오니 일말의 미련도 없이 휴가를 던져 버린다. 그러더니 주말까지 반납하며 그 즉시 조사 착수, 오늘은 성진유업에 관한 종합 자료까지 만들어 왔다.

출세만 바라보는 '요즘 것'들과 감히 비교도 안 되는 열정이었다. 이놈이야말로 걸어 다니는 공직 사회의 보물 아닌가.

"……압수수색을 하겠다고? 성진유업이 아니라 성진그룹 전 계열사 자료를?"

"네."

분명 그렇게 여기고 있었는데 그 환상이 단숨에 깨져 버렸다.

이 무슨 무지막지한 제안이란 말인가.

"이 과장, 이게 그렇게 당당하게 할 소리냐?"

"꼭 필요한 과정입니다."

"필요는 얼어 죽을! 한 달 동안 조사했는데 증거 안 나왔으면 증거불충분이지 왜 전 계열사 자료 압수야?"

"하지만……."

"표적 수사가 뭐 거창한 게 아니다. 죄가 없으면 나올 때까지 파고드는 거, 그게 바로 표적 수사야."

유 국장은 이 무지막지한 조사를 절대로 용인해 줄 생각이 없었다. 아무리 봐도 판만 요란하게 키우고 실속 없이 끝날 조사다.

"시끄럽고 너 그냥 휴가 가라. 원래 사람이 오래 못 쉬고 일만 하면 병 생기는 법이다."

"……."

"지난주에 신청한 휴가, 내일 화요일부터 3일, 아니 4일 간 처리시킬 거야. 다음 주까지 집에 꼼짝 말고 붙어 있어."

유 국장이 인터폰을 들자 준철이 다급하게 외쳤다.

"국장님, 저도 어지간하면 넘어가려 했습니다. 근데 상대가 성진유업 아닙니까."

"뭐?"

"영업 방식 지저분하기론 이미 정평이 나 있는 놈들이에요. 판매 지도만 봐도 딱 리베이트 납품이란 게 보일 정도입니다."

"아니, 그래도……."

"심지어 동종 전과도 있습니다. 10년 전에도 분유 리베이트로 한 차례 적발 당했습니다. 이런 놈들이 정말 죄가 없을까요?"

유 국장의 말문이 막히자 준철이 기세를 올렸다.

"정말 증거를 못 찾았을 뿐입니다. 이건 그냥 10년 전에 적발 당하고 더 교묘한 방법을 생각해 낸 거예요. 계속 두면 수도권 신생아들 전체가 리베이트 분유 먹고 자랄 겁니다."

전혀 과장이 아니다. 성진유업의 사세 확장 속도를 감안하면 머잖은 미래가 될 것이다.

유 국장도 이 말엔 반박할 수 없었는지 무거운 한숨을 내쉬었다.

"좋아. 근데 왜 증거가 안 나와?"

"원래 이런 사건에 물증 잘 안 나오는 거 아시잖아요."

"잘 안 나오는 물증이 성진그룹 전 계열사 자료를 보면 나올 것 같고?"

"분명 어딘가엔 흔적이 남아 있을 겁니다. 지금까지 볼 수 없었던, 아주 기상천외한 로비 방식이었을 겁니다. 반드시 찾아내겠습니다."

반드시란 말에 유 국장이 코웃음을 쳤다.

"이 과장, 좀 솔직해져라. 100% 찾아낼 자신은 없으니까 이거 나한테 가져온 거 아니냐?"

"……."

"뒤탈 걱정 없으면 나한테 가져오지도 않았겠지. 무슨 눈 가리고 아웅 하고 있어."

준철은 멋쩍게 머리를 긁적였다.

사실 유 국장의 지적이 맞았다. 본래 과장은 조사 진행 여부를 다 재량껏 결정한다.

이렇게 특별히 보고를 올리는 경우는 조사 결과를 장담할 수 없을 때, 그래서 기업의 큰 반발이 예상될 때뿐이다.

그 뒷감당을 해 줄 수 있는 건 국장이기 때문에.

"여우 같은 놈."

유 국장은 눈을 한 번 흘겼다.

다른 과장이 이런 앙큼한 짓을 했더라면 악다구니를 질렀을 텐데……. 맡는 사건마다 성공적으로 마치는 준철에게 차마 그럴 수 없었다.

"상식적으로 봤을 때 이건 백지화가 맞아. 증거도 안 잡히는 사건에 조사 수위를 높여? 이건 한 끗 패 들고 전 재산 다 베팅하는 격이지."

"……."

"더군다나 상대는 코스피 200에 상장된 기업이다. 그런 사건이 무혐의로 끝나면? 성진유업이 아니라 그 주식 산 개미들이 널 매장시킬 거다. 마지막으로 묻는다. 그래도 할 거야?"

준철은 일말의 주저 없이 답했다.

"예. 그래도 한번 해 보겠습니다."

유 국장은 고개를 저었다. 혈기왕성한 젊은 놈을 설득하는 것보단 자신의 고집을 꺾는 게 빨라 보였다. 대신 그는 뒤탈이 가장 적게 날 수 있는 타협안을 제시했다.

"이렇게 하자. 연루된 산후조리원이 50곳이라고 했지? 그거 병원장들 싹 다 소환해."

"거길 치자고요?"

"그래. 어차피 개인 병원장들 아니야. 그리고 네가 이간질 선수기도 하고. 내가 뭐 유도심문 했네, 안 했네, 가지고 쩨쩨하게 굴지 않을 테니까 그걸로 한 놈만 자빠트려. 그럼 나머지 리베이트도 다 나온다."

사실 이것은 최선의 방법이 아니었다.

담합 사건은 한 놈이 무너지면 다 걸리게 되어 있지만 이건 각 병원들의 독립 업체 아닌가. 한 놈이 자백한다고 다른 놈의 자백을 얻어 낼 수 없다.

"그건 차악이지 최선의 방법이 아닙니다."

"최선 타령하다가 네가 역으로 당하는 수가 있어. 너 성진유업 성깔 몰라? 이 새끼들은 무조건 3심까지 가."

"그러니까 계속 당하죠."

"뭐?"

"당국은 성진그룹과 길게 싸우기 싫어서 솜방망이 처벌 내리고, 성진은 걸려 봤자 미미한 처벌에 그치니 계속 이런 일 자행하는 거 아니겠습니까."

그 결과가 바로 오늘이었다. 놈들은 더욱 교묘해졌으며, 빈틈도 없어졌다. 대체 어떤 방법으로 법망을 빠져나갔는지 모르겠지만 이후에 더욱 교묘해진다는 것만은 확실했다.

"이번엔 재고 따지는 거 없이 무조건 원칙대로 처벌할 겁니다."

"아무리 그래도 어떻게 대책도 없이……."

"사실 짚이는 게 하나 있습니다. 우회 리베이트가 벌어졌을 가능성요."

"우회?"

확신할 순 없다. 다만 김성균으로 살았을 때 늘 써먹던 방법이라 그게 마음에 걸렸다. 바로 자회사를 통한 간접(우회) 리베이트.

"본사 영업 자료가 깨끗한 건, 딴 곳에서 지저분한 일을 처리해 줬으니 그랬을 겁니다."

이건 사실 제약 회사들이 자주 써먹는 리베이트 방식이었다.

공정거래
위원회

제약 회사는 병원에게 직접 리베이트 하는 게 아니라 중간에 영업대행사(CSO)를 끼워 납품을 따낸다. 이러면 당국에 적발됐을 때 모든 책임을 CSO로 돌려 책임을 모면할 수 있다.

산후조리원도 결국엔 병원이나 다름없는데 비슷한 방식이 쓰이지 않았을까? 아직 추측이지만 준철은 이미 확신하고 있었다. 이걸 확인하기 위해선 반드시 성진그룹 전 계열사 자료를 뒤져 봐야 한다.

유 국장도 마음이 동했는지 한동안 고심에 잠겼다. 지금까지 들어 봤던 보고 중 가장 현실성 있는 추론이다.

"옌장. 내가 절대 설득 안 당하려 했는데."

그는 긴 한숨을 내쉬더니 이내 입을 열었다.

"그래, 마음대로 해 봐라. 난 실패했을 때 뒤에서 책임만 져 주면 되는 거지?"

╰╮

한자리에 모인 성진유업 임원들은 하나같이 얼빠진 얼굴이었다. 조사 진척이 없어 금방 끝날 사건이라 생각했건만, 갑자기 공정위가 전 계열사 자료를 요구한다.

보통 조사 수위가 높아지는 건 그럴 만한 핵심 증거가 포착되어서인데, 이건 정말이지 예측도 못 했다.

"할 말 있는 사람부터 해 봐."

"……."

"없어? 나한테 할 말 많을 텐데?"

아니나 다를까. 김성진 회장의 불호령이 떨어졌다.

"증거불충분으로 곧 끝날 사건이라며! 전 계열사 자료 압수는 뭐야?!"

"……."

"김 사장!"

"예! 회장님."

"왜 자네가 입 다물고 있지?"

불똥은 이 리베이트 사태를 총 주도했던 김 사장에게로 쏠렸다.

"저, 저도 이유를 모르겠습니다."

"이유를 몰라?"

"대책이 없다는 게 아니라 공정위가 왜 저런 악수를 두는지 모르겠습니다."

김 사장은 전전긍긍하며 칼같이 답했다.

"공정위가 악수를 뒀다?"

"네. 저희가 알아본 바에 따르면 아직 증거는 나온 게 전혀 없습니다."

"근데 조사 수위가 왜 높아졌지?"

"……솔직히 말씀드리자면 그냥 배짱 조사로밖에 안 보입니다. 아무리 봐도 조사 수위를 높일 명분이 없었습니다."

김 사장은 억울했다. 병원들 입단속도 다 시켰겠다, 배신자도 안 나왔겠다, 영업 자료는 깨끗하기 그지없다. 아무리 머리를 쥐어짜 봐도 놈들이 왜 이러는지 모르겠다.

그냥 배짱 조사다.

"배짱 조사라. 진짜로 걸리는 게 하나 없다?"

"예. 오죽하면 공정위가 저희 5년 치 자료를 다 털어 갔겠습니까. 막상 증거 안 나오니 계속 자료만 요구하고 있던 실정이었습니다."

"그럼 저 배짱 조사엔 어떻게 응할 생각이야?"

"무조건 버텨야죠. 조심스런 추측입니다만 공정위는 괜히 수위를 높여 저희 자백을 받아 낼 요량인가 봅니다."

이때 다른 임원이 거들었다.

"회장님, 혹여나 그 리베이트가 적발된다 해도 저희가 이길 싸움입니다. 아닌 말로 '그 방법'은 절대로 대가성 입증 못합니다."

"맞습니다. 혹여 걸리더라도 저희가 실력으로 따낸 거라우기면 그만입니다."

성진유업은 재계에서 손꼽히는 갑질, 리베이트 선수들이었다. 자회사를 통한 우회 리베이트는 물론, 이것이 걸렸을 경우도 대비하여 이중 안전장치를 해 놨다.

공정위가 운 좋게 1차 안전장치를 풀었다 해도 2차에서 곧 가로막힐 것이다.

"나 빼고 다 천하태평들이네? 우려스럽지도 않나 봐?"

"그만큼 확실한 방법이니까요."

그래도 회장님이 불안한 기색을 보이자 김 사장은 3차 안전장치를 꺼냈다.

"회장님, 아닌 말로 저희가 뭐 이번 한 번 걸렸습니까. 지난 적발 때도 걸려서 줄초상 났죠. 근데 겨우 과징금 2억으로 끝났습니다. 백번 양보해서 이번에 적발? 그래 봤자 5억도 되지 않을 겁니다."

그 5억도 다 내는 것이 아니다.

성진유업은 끝까지 싸워 이 5억도 1억으로 줄일 요량이었다. 130억대 과징금을 5억으로 줄였던 지난 녹취록 파문에 비하면 비교할 것도 못 된다.

"최선을 다해 막겠습니다. 저것들 얼마 못 갈 겁니다."

재차 설득하자 회장님 목소리에도 노기가 많이 가라앉았다.

"구워삶았던 병원장들은 어떻게 됐어?"

"조사 상황 계속 전달하며 안심시키고 있습니다."

"내가 용인할 수 있는 건 딱 여기까지야. 만약 배신자 한 놈이라도 나오면 나 더 이상 가만 안 있어."

"여부가 있겠습니까. 오히려 그 사람들도 잃는 게 많아 절대 배신자는 나오지 않을 겁니다."

김성진 회장은 조금 만족스런 얼굴이었다.

공정거래
위원회

물샐틈없이 방어하는 것은 물론, 걸렸을 때 어떻게 해야 할지 보험까지 제대로다.

"또한 만약 걸린다 한들 모든 책임은 제가 지고 물러나겠습니다. 회장님께선 걱정 마십쇼."

김 회장 얼굴이 여느 때보다 밝아졌다.

꼬리 자르기. 이건 성진유업의 고질적인 방법 아닌가. 지난 녹취록 파문 때도 영업 사원의 잘못으로 넘어가 버렸다. 사장단 꼬리 자르면 놈들도 더 이상 못 덤비겠지.

"우리 충성스런 임원들 덕에 이 늙은이 마음이 놓이는구먼. 그래도 당국의 조사는 조심해. 항상 문제는 예기치 않은 곳에서 발생하니."

"예. 명심하겠습니다."

회의는 아주 좋은 분위기로 끝났다.

❧

리베이트 전문가 서도윤은 일주일째 지속된 탐문 조사에 자괴감을 느끼고 있었다. 지난 일주일 동안 만나 본 병원장만 20여 명. 성진유업의 분유를 가장 많이 쓴 조리원들이다.

체급 큰 놈들 위주로 겁도 주고 회유도 하며 자백을 유도해 봤지만, 자백은커녕 조리원 앞에서 문전박대만 당하다 나왔다.

더러 어떤 곳은 영업방해죄로 고소할 거라며 국민신문고
에 민원까지 올려 버렸다.

"어깨 펴. 세상 끝났냐."

"죄송합니다, 과장님……."

"죄송은 무슨. 어차피 자백 기대는 안 하고 있었다."

"그래도 너무 성과가 없었네요……."

"성과가 왜 없어? 네 덕분에 그쪽 분위기 많이 뒤숭숭해졌
을 거다. 그거면 된 거야."

준철은 의기소침한 서 팀장 어깨를 툭— 쳤다.

불쌍한 놈이다. 고작 질의응답 몇 번 했다고 국민신문고에
민원이 다섯 건이나 접수되어 버렸다.

담당 조사관이 산후조리원에 찾아와 폭언 욕설을 일삼았
고, 이로 인해 산모와 아기들이 큰 정신적 트라우마에 시달
린다고 한다. 마녀사냥도 이 정도로 억지스럽진 않을 텐데.

"근데 진짜로 문전박대를 당했어?"

"예. 가장 규모가 큰 서울권 조리원 다섯 곳은 아예 출입문
도 못 넘어 봤습니다. 병원장이 미리 변호사 대동시켜 놓고
영장 가져오라고 악다구니를 지르더군요."

"허, 참."

"솔직히 말하면…… 부처님 손바닥 안에서 노는 기분이었
습니다. 어렵사리 조사한 몇 곳도 우리 조사 상황을 훤히 꿰
고 있는 것 같았습니다."

들을수록 기가 찼다.

아무리 조사가 서로 불편한 거라지만 이렇게 담당자를 개무시할 수 있는 건가.

이건 단순히 괘씸함의 문제가 아니었다. 설사 진짜로 죄가 없는 곳이라 하더라도 조사 과정에선 당국을 존중해 준다.

"황 팀장님, 어떻게 생각하세요?"

"두 가지 중 하나겠네요. 안 걸릴 거란 확신, 아니면 당국에게 세게 나가야 된다는 누군가의 지령."

"저랑 생각이 똑같군요. 그 둘 중 어느 거라 생각하십니까?"

"전 누군가 뒤에서 지령을 내렸다 봅니다. 아니면 잘 납득이 안 되네요."

그 누군가는 바로 이 리베이트의 총설계자인 성진유업.

사실 그렇게 생각할 수밖에 없었다. 보통 진짜로 억울한 사람들은 조사에 적극 임해 자신의 억울함을 풀려고 한다. 저렇게 사납게 나오는 건 위험하고, 숨기고 싶은 자료가 있단 뜻으로밖에 이해되지 않는다.

"이거 참…… 성진유업이 계속 우리 머리 꼭대기 위에서 놀고 싶은 모양입니다."

"그러게요. 확실히 선수긴 선수군요."

검찰 취조실도 초범들에게나 진실의 방이지, 누범들에겐 커피 잘 타는 다방집이다. 공정위를 한두 번 상대해 본 게 아닌 성진유업이니, 이미 그에 대한 내성이 상당할 터였다.

"과장님, 사실 성진유업이 자료 협조도 거부하고 있습니다. 저희가 전 계열사 영업 자료를 내달라 하니 무슨 영업 기밀 핑계로 계속 거부하고 있어요. 아무래도 버티기에 들어간 모양입니다."

"우리 진 빼는 겁니까?"

"네. 저희가 나가떨어질 때까지 기다리는 것 같습니다."

역시나 베테랑들답게 사소한 것 하나하나 협조적이지 않았다.

사실 공정위의 자료 요구는 영장 없는 압수수색이나 다름없다. 어차피 기업 입장에선 오래 버틸 수 없는 일이다.

그럼에도 자료 반출을 거부하는 건 기 싸움에서 지지 않겠다는 얘기. 아마 시간만 끌면 조사가 어영부영 끝날 것이라 생각하는 모양이다.

"그럼 별수 없네요. 영장 갑시다."

"……예?"

"압수수색영장요. 오늘 검찰에 청구하고 이번 주 안으로 싹 다 받아 와 주세요."

이에 황 팀장이 난색을 표했다.

"과장님, 이게 영장을 신청하기엔 애매한 감이 있습니다."

"뭐가요?"

"증거가 미미한 건 사실이니까요. 사실 이렇다 할 증거도 못 잡은 상태에서 영장 청구하면……. 법원도 좋게 보지 않을 겁니다."

"이게 무슨 구속영장도 아니고 겨우 압수수색인데 법원 눈치 볼 필요 있나요."

"하지만……."

"기업의 정당한 사유 없는 자료 반출 거부, 압수수색은 이 조건만 충족하면 됩니다. 진행해 주세요."

황 팀장은 문득 상대를 잘못 골랐다는 생각이 들었다.

조사가 잘 안 풀려 보고하긴 했지만, 이렇게 조사 수위를 확 높여도 되는 걸까. 그러다 만약 조사가 실패로 끝나면 그 뒷감당은 어찌하려고…….

"걱정 마세요. 이거 어차피 공포탄입니다."

"공포탄요?"

"놈들은 영장 나오기 전에 자료 이관할 거예요. 근데 우리 공정위를 너무 띄엄띄엄 보고 있단 말이죠."

"하면……."

"남은 조사 내내 놈들 페이스에 끌려다니지 않으려면 과감한 모습도 보여 줄 필요 있습니다."

계속해서 놈들이 머리 꼭대기에서 노는 듯한 느낌이 든다.

하긴 공정위가 얼마나 만만하겠나.

녹취록 파문 땐 과징금 130억을 5억으로 줄여 봤고, 지난 1차 적발 땐 과징금 2억으로 마무리도 지어 봤다. 그런 상황에서 지금 공정위는 증거도 제대로 파악 못 하고 있으니 한

없이 우스울 것이다.

"황 팀장님, 이건 단순한 기 싸움이 아니에요. 자료 하나 내주는 데도 꺼드럭거리는 놈들이 소환 조사엔 제대로 응하겠습니까? 소명 요구는 제대로 하겠습니까?"

"……."

"서 팀장, 산후조리원 가니까 이미 변호사들 대기하고 있다 했지?"

"예? 아, 예."

"그 변호사들 다 성진유업 법무팀일걸요. 이건 우리한테 온몸으로 무력 시위하는 겁니다. 자기들 빈정 상하는 처벌 떨어지면 무조건 항소하겠다, 건드리지 말아라."

주저하던 황 팀장이 이내 끄덕였다.

"듣고 보니 제 생각이 짧았습니다. 이놈들 기세 한번 꺾을 필요는 있겠군요."

"네. 어차피 긴 싸움으로 갈 거 서열 정리 한번 확실히 하고 갑시다."

"그럼 영장 작업은 제가 하도록 하겠습니다. 최대한 빨리 나올 수 있게 신경 써 보죠."

준철은 끄덕이며 고개를 돌렸다.

"그럼 서 팀장, 성진유업에 전화해서 날짜 좀 잡아 봐. 얼굴 한번 보자."

"예. 알겠습니다."

두 사람이 돌아가자 준철이 긴 한숨을 내쉬었다.

무모함과 결단력은 한 끗 차이다. 조사가 성공하면 결단력인 거고, 반대면 무모했던 거다. 오만방자한 성진유업한테 역공을 당하지 않으려면 무조건 이 싸움에서 이겨야 한다.

성진유업 본사는 강남 노른자위 땅에 위풍당당 세워져 있었다. 이 벽돌 한 장, 한 장이 다 편의점주들의 피눈물과 리베이트 분유로 세워졌다 생각하니 흉물도 이런 흉물이 없다.

"불필요한 기 싸움 그만합시다. 어차피 내줄 자료 왜 버티는 거예요?"

첫 만남은 성진그룹 본사에서 진행되었다.

대표로 나온 김서원 사장은 표정부터 오만방자했다. 무슨 바퀴벌레 보듯 시큰둥하지 않은가.

"그 얘긴 저희 쪽에서 해야 할 말 같습니다만? 언제까지 이런 표적 수사를 계속하실 겁니까?"

"표적 수사?"

"증거가 안 나오면 증거불충분으로 종결이 되어야지, 왜 조사 수위가 높아지느냐 이 말입니다."

"그래서 진짜 증거가 안 나오는지 확인해 보는 거 아니에요. 전 계열사 영업 자료 넘겨요. 여기서도 깨끗하면 우리도 문제 삼지 않겠습니다."

"허허. 젊은 과장님이 우릴 무슨 핫바지로 아시네."

김 사장은 한심하다는 듯 말을 이었다.

"그게 바로 먼지털이 조사 아니요. 왜? 그 계열사에서 우리 회장님 비자금이라도 찾으시려고?"

"그런 의도는 아닙니다만."

"아니긴 뭘 아니야. 본조사 안 풀리면 별건조사 치는 게 공무원의 흔한 꼼순데. 꿈 깨쇼. 우린 죄 없어. 앞으로의 조사도 우리가 도울 수 있는 한에서 도울 겁니다."

준철이 코웃음을 쳤다. 심기 불편해진 김 사장이 바로 쏘아붙였다.

"왜 웃지?"

"살다 살다 이렇게 안하무인인 놈들은 또 처음이네. 누구 마음대로 도울 수 있는 범위에서 도와, 전력을 다해서 조사에 협조해야지."

"증거도 못 잡은 놈들이……."

"한 가지만 물읍시다. 우회 리베이트인가?"

순간 김 사장이 할 말을 잃었다.

"뭐?"

"반응 보니까 딱 맞네. 자회사를 통한 우회 리베이트. 어쩐지 본사 영업 자료가 깔끔하더라니."

"……떠보지 마. 이거 유도신문이야!"

공정거래
위원회

"당신 얼굴이 이미 자백 다 하고 있는 뭐 나한테 떠보네 마넵니까."

김 사장이 급히 고개를 돌렸지만, 그 자체가 또 다른 자백이나 다름없었다.

"근데도 이렇게 위풍당당하신 걸 보면 뭐 안전장치를 하나 더 걸었나 봅니다?"

"……."

"대체 뭘까. 뭐 성진유업 정도 되는 기업이 백화점 상품권 같은 싸구려 리베이트를 하진 않았을 거 같고. 학회 지원비나 기부금 같은 로비는 개인 병원엔 잘 쓰이지 않겠고."

김 사장은 아차 싶었다. 젊은 과장 놈이라 만만하게 봤는데 보통내기가 아니다. 은근슬쩍 떠보면서 계속 반응을 관찰한다. 이대로 가다간 본전도 못 찾을 성싶었다.

"오 부장."

"예."

"우리 전 계열사 자료 그냥 넘겨줘."

그리 말하며 준철에게 쏘아붙였다.

"약속은 지키리라 믿습니다. 분명 별건조사 안 치기로 하셨지요? 어디 그 자료 가져가서 얼마나 대단한 증거가 나오는지 두고 봅시다."

"차도 아직 다 안 식었는데 몇 가지 좀 더 물어봅시다."

준철은 미지근한 차를 홀짝였다.

"대체 무슨 안전장치를 걸었기에 이렇게 자신감이 넘쳐요?"

"……."

"이번엔 얼마나 또 기상천외한 로비를 개발해 낸 겁니까?"

이에 놈이 비열하게 웃었다. 어차피 얘기가 여기까지 진행된 마당에 서로 더 숨길 것도 없다.

"그건 직접 알아보쇼. 근데 알아낸다 해도 우리 처벌 못 할 겁니다."

"오호라, 알아도 처벌 못 하는 로비? 이거 참 구미가 당기는데요."

"다 잡수셨으면 그만 일어나시지요. 어차피 우린 자백 절대 안 합니다."

준철은 끌끌 웃으면서 일어났다.

"바라던 바요. 절대로 자백하지 마세요."

그렇게 문을 나서기 전, 다시 놈을 노려보며 강조했다.

"절대, 절대, 절대 자백하지 마세요."

"뭐?"

"우리가 다 밝혀내고 그에 합당한 과징금 부과해 버릴 거니까. 정상참작? 국물도 없습니다. 이번에 성진유업 못된 버릇 좀 고쳐 봅시다."

혼자 남게 된 김 사장은 탁자에 있는 찻잔을 쓸어 버렸다.

"저, 저 저 새끼 대체 뭐야!"

젊은 놈 눈빛이 예사롭지가 않다.

지지부진한 조사 상황을 보면 겨우 협박일 뿐인데, 왜 이렇게 섬뜩하게 느껴질까.

☙

성진유업을 치고 돌아가는 차 안.

두 팀장은 무거운 한숨만 내쉬며 차창 밖을 바라봤다.

솔직히 절망적이었다. 우회 리베이트가 걸려도 별수 없다? 대체 무슨 안전장치를 걸어 놨다는 걸까.

조사가 이쯤 진행됐는 데도 놈들은 겁을 먹은 기색이 아니다. 확신에 찬 김 사장 얼굴이 섬뜩하게 느껴질 정도다.

"황 팀장님, 자료 확인은 다 했습니까?"

"예. 16개 계열사 자료 모두 빠짐없이 넘겨받았습니다."

"뭐 이상해 보이는 건요?"

"안 이상한 게 없을 정도더군요."

성진유업 계열사들은 전형적인 빨대 꽂기 자회사였다.

제품 포장지를 만드는 회사, 운송회사 등이 전부다. 더러 몇 곳은 존재할 이유가 없는, 달리 말해 비자금 창구로 보이는 회사였지만 그리 큰 액수는 아니다.

"혹시나 해서 드리는 말씀인데 일감 몰아준 내역 몇 건은 파악해 놨습니다."

"아닙니다. 이 사건 별건 조사 안 칠 거예요."

"그래도 보험용으로……."

"이건 정직하게 해도 이겨요."

황 팀장은 고지식한 과장 때문에 속을 태웠다.

이 난리를 다 피웠는데 정말 별건을 안 치겠다니…….

"걱정되세요?"

"김 사장의 당당함이 좀 걸리는군요. 우회 리베이트란 걸 걸렸는데도 주눅 들지 않았어요. 그게 걸렸는데도 안전한 장치가 대체 뭔지."

준철도 같은 심정이었다. 대체 무슨 방식의 리베이트기에.

하지만 그건 천천히 자료 뜯어 보면서 파악해도 늦지 않은 일이다.

"서 팀장, 지금 병원장들 얼마나 만나 봤지?"

"20여 곳요. 납품 규모 큰 상위 업체들만 만나 봤습니다."

"그럼 내일 중으로 다시 병원 돌아다녀. 이번엔 50곳 전체…… 다."

서 팀장이 의문을 표했다.

"과장님…… 아무런 소득도 없었는데요. 두 번 한다고 의미가 있을까요?"

"이제부턴 생길 거야."

"예?"

"국장님이 쩨쩨하게 유도신문 같은 거 문제 삼지 않으시기로 했다. 이번에 돌아다닐 땐 우리가 다 알고 있는 듯이 행동

해."

"아…… 흔들어 놓으실 모양이군요."

"그래, 우리가 성진그룹 전 계열사 자료 압수했다는 거, 그쪽 귀에도 다 들어갔을 거다. 미친 듯이 흔들어야 돼."

현 난관을 타개할 수 있는 가장 빠르고 좋은 방법이 있다.

바로 병원들의 자백. 그자들이 어떻게 로비가 이뤄졌는지 불어 주면 일단 큰 수고 하나는 덜 수 있다.

"알겠습니다."

그렇게 여의도에 도착한 세 사람은 커피 한잔 나눌 새 없이 서로의 사무실로 흩어졌다.

۞

－당신 미쳤어? 여기가 어디라고 또 쫓아와?

－염병할 국민신문고 일 안 하는구먼. 당장 파직시키라고 민원을 넣었는데, 여길 또 와?

－거 알 만한 사람끼리 그만 좀 합시다. 증거 하나도 못 잡았다면서. 이거 언제까지 물고 늘어질 거요.

돌격대장 서도윤은 오늘도 병원장들에게 치욕을 겪고 있었다. 부임한 지 얼마 되지 않았지만 이토록 자존감이 바닥을 치는 조사는 처음이다.

한 번 조사했던 병원장들은 이전보다 더 화가 많이 나 있었고 기세등등했다. 공정위 조사관이 어디 가서 이런 모욕을 당할 일이 있을까. 기업 저승사자란 말이 무색할 만큼 매일 동네북처럼 얻어맞고 다녔다.

'베테랑 좋아하네…… 이거 완전 몸빵이잖아!'

파고드는 치욕 속에서 서 팀장은 자신의 쓰임을 깨달아 가고 있었다. 아무래도 과장님께 단단히 속은 것 같다. 실력 좋은 베테랑 조사관이 아니라, 그냥 욕먹고 다녀도 별 타격 없을 젊고 싱싱한 조사관이 필요했던 것이다.

물론 현장학습이라 생각하면 별수 없지만.

"팀장님, 한마음 병원은 또 변호사 대기시켜 놨다는데요?"

"이대로는 무립니다. 아니, 대체 언제까지 맨땅에 헤딩식 조사예요. 이거 진짜 답이 안 나옵니다."

반원들의 불만도 이에 비례해 커졌다.

서 팀장의 역할은 이들을 잘 달래는 것이기도 했다.

"일단 점심 먹고 합시다. 오전 조사 모두 고생 많았어요."

근처 콩나물집에서 자리를 틀 때, 문득 과장님께 전화가 왔다.

'젠장. 조사 성과 아직 없는데…….'

그는 헛기침하며 전화를 들었다.

"아이고, 과장님. 오늘은 조사가 좀 안 풀리는데요. 제가 나중에 전화를 다시…….'

－서 팀장. 지금 당장 튀어 와. 성진유업 로비 시나리오 잡았다.

"저, 정말요?"

－어. 병원 그만 돌고 바로 튀어 와.

온몸에서 전율이 일어난다. 드디어 이 깜깜이 조사가 끝이란 말인가! 서 팀장은 숟가락을 내팽개치며 바로 쏜살같이 달려 나갔다.

❧

"맞죠?"

"예. 맞습니다. 에브리유업 여기예요."

"이거 지금 얼마나 들어갔습니까?"

"한 500억대 되는 것 같습니다."

회의실에 도착하니 황 팀장과 준철이 심각한 얼굴로 얘기를 나누고 있었다.

오매불망 기다리던 로비 방식이 잡혔다더니 대체 뭘까.

"이거 받아. 놈들 로비 시나리오 나왔다."

서류를 받아 든 서 팀장은 무슨 말인지 파악하느라 한참을 애썼다.

그도 그럴 것이 그에겐 들도 보도 못한 로비 방식이었다.

"무이자…… 대출?"

"그래, 그게 로비 방식이다. 성진유업의 계열사 중 하나인 에브리유업이 병원들한테 돈을 빌려줬어, 무이자로. 병원은 그 대가로 분유 납품권 준 거야."

"아니 그런 로비도 있습니까?"

"흔하진 않지. 이건 원래 제약 업계가 개원의들한테 쓰는 로비니까."

소위 말하는 대출 로비다.

기업이 납품처에 돈을 빌려주고 이 대가로 납품권을 따내는 일. 이건 보통 제약업체들이 자금난에 시달리는 개원의들한테 자주 쓰는 로비 방식인데, 여기서 구경하게 될 줄은 몰랐다. 아무래도 성진유업은 모든 로비 방식에 통달해 있는 모양이다.

"이 자식들 왜 이렇게 안 잡히나 했더니."

황 팀장은 치를 떨었다.

세상에 이런 로비를 어떻게 잡을 수 있겠나. 지난 1차 적발 이후 놈들의 로비 방식이 더욱 교묘해졌다. 이것도 모르고 지난 내리 한 달을 본사 자료만 파고 있었으니 헛수고도 이런 헛수고가 없다. 이를 아는지 모르는지 서 팀장은 손뼉을 치며 환호성을 질렀다.

"황 팀장님, 고생 많으셨습니다! 좀 돌아가긴 해도 결국 잡을 건 잡았네요. 과장님 그럼 이제 조사 다 끝난 거네요? 진짜 고생 많으셨습니다."

서 팀장 또한 이번 조사의 일등공신이다. 황 팀장이 책상

공정거래
위원회

에 앉아 서류만 팠다면 이쪽은 직접 병원들을 찾아다니며 조사 최전선에 앞장섰다.

그 과정에서 병원장들한테 얼마나 문전박대를 당했던가. 지난 설움이 머릿속에 주마등처럼 스쳤다. 이제 명확한 증거가 잡혔으니 놈들을 설설 기게 만드는 일만 남았다.

하지만 준철의 입에서 나온 다음 말은 그 기대를 순식간에 무너트렸다.

"끝은 무슨, 이제부터 시작이지. 아니, 아직 시작도 못 했다."

"……예? 아니, 증거 다 잡았잖아요. 이제 병원 새끼들, 아니 병원장들 다 소환해서 자백만 받아 내면 되는 거 아닙니까?"

"이거 대가성 입증 못 해. 성진유업이 끝까지 당당한 이유가 있었어."

"그게 무슨…… 말입니까?"

서 팀장이 설명을 따라가지 못하자 황 팀장이 부연했다.

"로비 대가로 1억을 받는 것과, 1억에 상응하는 대가를 받는 건 천지 차입니다. 근데 지금 이 경우는 1억에 상응하는 대가죠."

"아니……. 그건 그냥 말장난 아닙니까?"

"그 말장난이 법원에서 유무죄를 판단하는 가장 결정적인 단서가 돼요."

"……황 팀장님, 그럼 뭐 횡령이나 배임 같은 것도 못 겁니까? 회삿돈을 남한테 함부로 빌려줬는데."

"단념하는 게 좋을 겁니다. 성진유업이 대출 내줄 때 당연히 계약서 다 썼을 거예요. 이 대출 계약서만 들이밀면 횡령 배임도 어렵습니다."

미치고 팔짝 뛸 노릇이다.

기업이 명백한 대가를 바라고 무이자 대출을 실행해 줬는데, 이게 대가성이 아니라니.

하지만 많은 제약 업체들이 이러한 논리를 앞세워 개인병원 대출 로비를 빠져나갔다.

지금은 판례도 불리한 실정이었다.

준철은 팔짱을 끼고 한숨을 내쉬다 고개를 돌렸다.

"황 팀장님, 이거 대출 승인 얼마나 해 줬습니까?"

"총 500억대요. 지금 연루된 기업이 50여 곳이니 한 병원당 10억씩 내줬을 겁니다."

"이거 만약 시중에서 대출 받았으면 어떻게 되죠?"

"현재 은행에서 가장 싼 금리 대출이 주담대인데 이게 5%대입니다. 개원의는 신용 대출로 분류가 되는데 이건 한 7-10%로 나옵니다."

이걸 무이자로 대출해 줬으니 로비 자금은 최소 7천에서 1억 사이로 계산할 수 있었다.

"만기도 무슨 10년짜리라서 사실상 영구 대출이나 다름없었습니다."

"만기 10년짜리라……. 이건 뭐 국채나 다름없네요?"

"네. 아마 성진유업은 원금 받을 생각 없었을 겁니다. 병원들한테 족쇄 달아 놓고 계속 자사 분유 쓰게 만들 생각이었을걸요."

김 사장이 왜 면담 자리에서 반말 찍찍 내뱉으며 당당했는지 이해가 된다. 이런 종류의 로비는 찾아내기도 힘들뿐더러, 찾아내도 처벌하기가 어렵다. 대가성 대출이 아니라 그냥 기업 대출이었다고 잡아떼면 처벌 근거가 없다.

"과장님, 그냥 저희도 치사한 방법 하나 쓰시죠."

"뭐 좋은 방법이라도 있습니까?"

"이번에 성진그룹 전 계열사 자료 파악하며 일감 몰아준 내역, 김 회장의 비자금으로 보이는 내역 모두 확보해 놨습니다."

"별건 조사를 치자고요?"

"어차피 이거 본조사는 글렀습니다. 그놈들도 치사한 방법 썼는데 우리라곤 왜 못 합니까."

황 팀장의 분노가 여실히 느껴졌다.

준철은 이를 달랬다.

"진정하세요. 아직 다 끝난 거 아닙니다. 개원의들한테 무이자 대출해 줬던 제약 업체들이 전부 다 처벌 피했던 건 아니잖아요."

"하지만 대다수는 피해 갔죠. 처벌 받은 건 소수일 뿐입니다."

"이것도 그 소수의 사례가 될 겁니다. 풀어 나가기 나름이에요."

준철은 아직 희망을 버리지 않았다.

일단 규모가 크고, 성진유업에겐 동종 전과도 있다. 잘만 하면 법원도 설득할 수 있으리.

"서 팀장."

"예."

"병원장들 전부 다 모아 봐. 일단 당사자들 만나 보자."

"제가 직접 만나 보긴 했는데…… . 요지부동이었습니다."

"알아 이번엔 내가 직접 만나 볼 거야."

과장님이 직접 만난다고 뭐 달라지긴 할까? 그런 의문이 들었지만 혹시나 하는 마음이 드는 것도 사실이었다.

막히는 지점이 나올 때마다 과장님이 등장하면 이상하게 잘 풀리곤 했다.

이번에도 그러길 바라는 수밖에.

"되도록 날짜 빨리 잡자. 아, 그리고 우리가 대출 로비까지 파악했다는 거 그쪽에 공문으로 돌려. 서로 가진 패 다 까고 진솔하게 얘기 좀 해 보자."

"네. 말씀하신 내용 완곡하게 잘 전달해 놓겠습니다."

한자리에 모인 병원장 10명은 아무도 입을 떼지 못하고 있었다.

어제 도착한 공정위의 공문은 모두에게 충격이었다. 우회 리베이트는 물론, 이 로비가 대출 특혜였단 사실까지 모두 조사망에 걸려들지 않았나.

공정위는 입 맞출 시간도 주지 않으려는 것인지 급하게 면담 날짜를 잡았고, 당연하게도 마땅한 변명은 준비되지 않았다.

"버티기만 해도 이길 싸움이라더니……. 이거 성진유업의 계산이 잘못된 거 아닙니까?"

"맞아요. 로비 실체 모두 파악한 거 같은데 대체 뭐라 변명합니까."

한둘 시작된 병원장들의 원성이 빗발치기 시작했다.

성진유업은 입만 다물면 모두가 안전할 것이라고 말하며 병원장들을 입단속했다. 하지만 증거불충분으로 곧 종결될 거란 전망과 달리, 공정위는 그 증거를 확보하기 위해 성진 전 계열사를 압수수색해 버렸다.

조사 진도를 보니 구속 수사도 시간문제다.

"이제 우리도 냉정하게 생각 좀 해 봅시다. 어느 줄 탈지 결정해야 될 순간이 왔어요."

"줄? 박 원장님, 이제 와 뭐 공정위한테 붙어먹기라도 하자는 겁니까."

"대책 없을 땐 자백이라도 빨리하는 게 나아요. 처벌 수위라도 줄여야지."

"자백은 무슨! 그건 배신이야. 지금까지 함께 버틴 병원들 다 팔아먹는 거라고."

"그럼 대책 있어? 이대로 가면 영업정지 절대 못 막아."

"하이구— 자백하면 공정위가 퍽이나 처벌 수위 줄여 주겠습니다."

지금이라도 늦지 않았다, 이미 늦었다.

회의장이 양분되자 상석에 앉아 있던 홍 원장이 입을 열었다. 그는 연루 업체 중 가장 큰 조리원을 운영하고 있는, 이 그룹의 실질적 리더였다.

"다들 자중하세요. 대처 방안을 논의하기에도⋯⋯."

"아, 홍 원장님이 대답 좀 해 보세요. 이미 늦은 거 아닙니까?"

"아니, 아직 늦지 않았어!"

홍 원장은 긴 한숨을 내쉬더니 묵직한 말을 던졌다.

"그건 각자 판단해야죠. 근데 이 중에 성진유업 대출 없이 조리원 운영할 수 있는 사람 있습니까?"

"그건⋯⋯."

"있으면 자리에서 일어나십쇼. 아무도 말리지 않습니다."

그 말에 궁둥이를 들 수 있는 사람은 아무도 없었다.

이들은 모두 생계형 개원의들이었다.

유래를 찾아 볼 수 없는 저출산 여파는 한국 산부인과의 혹한기를 의미하기도 했다. 매년 산부인과 전문의는 동일하게 나오는데 출생아만 떨어졌다. 그나마 다행인 건 한국엔 특유의 조리원 문화가 있다는 것.

건물을 최신식으로 리모델링하여 산모들에게 호텔식 조리원을 제공했고, 이는 모두 비급여 항목이라 부르는 게 값이었다.

업계에선 이미 산부인과 병원장이 호텔 지배인으로 불린 지 오래였다. 병원 적자를 만회할 수 있는 유일한 수단이 조리원밖에 없었으니, 이들에게 조리원은 생존의 문제였다.

그래서 산부인과는 가장 전망이 어두우면서도, 가장 개원비용이 많이 드는 아이러니한 분과였다.

성진유업은 이 간극을 잘 파고들었다. 개원의들에게 막대한 창업 비용을 대주며 자사 분유 단독 납품을 약속받았다. 거기에 산모들이 먹는 유제품은 덤.

비록 성진 분유의 평판이 그리 좋진 않았지만, 10년 만기, 무이자 대출이란 파격적 조건 앞엔 무색해질 수밖에 없었다.

"난 못 하겠습니다. 같은 돈 은행에서 빌리면 만기마다 대출 갈아타고, 금리는 무섭게 치솟죠. 내 주변에 은행 이자 감당 못 해서 파산한 병원이 한둘 아닙니다. 여러분은 할 수 있습니까?"

회의실엔 숨소리도 들리지 않았다.

공정위 처벌보다 무서운 건 성진유업의 대출 회수다. 말은 안 해도 모두 같은 심정일 것이다.

"우리 다 어느 정도 각오하고 뛰어든 거잖아요."

"홍 원장님…… 아무리 그래도 뭐 대책이 있어야 할 게 아닙니까."

"맞아요. 공정위 공문 보면 이미 우리 수법은 다 드러났습니다."

홍 원장은 무심하게 답했다.

"그건 성진을 믿어 봅시다."

"아니……. 성진만 믿고 있다 이 꼴을 당한 거 아니에요. 그놈들을 어떻게 또 믿습니까."

"우린 의료 전문가들이지만 법에는 문외한들이요. 성진그룹은 분명 이거 다 밝혀져도 어차피 대가성 입증 못 한다 했어요."

병원장들은 그들과 나눈 대화를 떠올렸다.

잘 기억은 안 나지만 모든 게 들통나도 안전하단 설명이 있었다. 대가성을 입증하기 어렵다고 했나?

1억을 돈으로 받으면 문제가 되지만, 상응하는 대가로 받으면 처벌이 어렵다고 한다. 게다가 이건 이자를 면제해 준 경우라, 대가성을 더더욱 입증하기도 어렵다고 했다.

"아무리 그래도 성진그룹을 또 믿는다는 게……."

"나 또한 사태가 이 지경이 된 게 유감스럽습니다. 근데 성진그룹 만큼 편법에 검증된 기업 있습니까?"

"……."

"우린 그 커리어만 믿으면 돼. 분명 법의 허점을 잘 찾아내 줄 겁니다."

그 말 만큼은 아무도 반박할 수 없었다.

성진은 녹취록 파문 때도 과징금 130억을 5억으로 만들었고, 비슷한 리베이트 적발도 2억으로 마무리 지었다.

남에게는 이게 악명일지 모르나 공모자들에겐 신뢰도다. 성진유업은 자타공인 이 분야 최고 권위자다.

"그래도 공정위가 너무 광폭 행보를 보이는데……."

"그 또한 얼마 못 갈 겁니다."

"홍 원장님은 어떻게 그리 확신하세요?"

"공정위가 진짜 처벌하려 덤볐으면 우리보다 먼저 언론에 뿌려 버렸겠죠. 지난 1차 적발은 그렇게 했습니다."

지난 1차 적발 때 공정위는 모든 자료를 언론에 실시간으로 뿌리며 여론몰이를 했다.

하지만 성진유업의 비리 소식은 대중에게 별로 놀랄 만한 일도 아니어서 크게 관심을 끌지 못했다.

공론화에 실패한 공정위는 결국 조사 동력을 크게 잃으며 유야무야 2억대 과징금으로 끝냈다.

하물며 이번 사건은 벌써 한 달이나 지났는데 인터넷 뉴스조차 안 나가지 않았다. 적당히 찔러 보다 몇 억대 과징금으로 끝날 사건이다.

"마지막으로 묻겠습니다. 이 중에 자백할 사람 있으면 이 자리에서 나가 주세요. 있습니까?"

뒤숭숭했던 분위기가 한순간에 정리되었다.

아무도 일어나지 않는 것을 확인한 홍 원장이 웃음을 띠웠다.

"좋습니다. 그럼 우리 내일 면담 때 잘해 봅시다."

⟳

병원장들과의 첫 대면.

협조를 바라진 않았지만 이렇게 심통 가득한 얼굴로 반길 줄은 몰랐다. 준철은 슬쩍 서 팀장에게 눈빛을 보냈다.

'우리 파악한 자료 넘겼어?'

'예……. 넘겼습니다.'

오호라. 아는데도 이렇게 나온다 이거지?

"안녕하세요, 공정위 이준철 과장입니다."

자리에 앉기도 전에 날선 공격이 이어졌다.

"이 과장님, 그만하시죠. 가뜩이나 불황에 허덕이는 산부인과를 왜 그리 못 잡아먹어 안달입니까?"

"맞아요. 병원 적자를 조리원에서 만회하는 게 그리 못마땅하십니까?"

방귀 뀐 놈들이 성낸다더니 지금이 딱 그 짝이다.

너무도 당당한 태도에 준철은 살짝 어안이 벙벙해졌다.

"저기…… 저희가 드린 공문 읽어 보셨나요?"

"네. 아주 잘 봤습니다. 선량한 기업 좌표 찍고 표적 수사 하셨더군요."

"선량…… 뭐라고요?"

"전 계열사 자료 털면 어느 기업이 남아나? 근데 거기서도 우리가 뒷돈 받았단 정황은 못 밝혀 냈죠?"

준철은 허탈하게 웃었다.

그래 뒷돈은 아니었지. 이자 면제라는 대가성 입증 어려운 로비였지. 안 그래도 이걸 어떻게 처리해야 되나 골머리를 앓고 있었다.

공정위 약점을 훤히 꿰뚫고 있는 걸 보니, 이미 성진에서 지령이 내려갔나 보다.

"우린 성진이 대출해 줘서 그 분유 쓴 게 아니라, 품질과 가격이 가장 괜찮아서 그 제품 쓴 겁니다."

"만약 계속해서 이런 억지 조사를 강행하면 우리도 엄정 대응하겠습니다."

엄정 대응?

"저기 계신 팀장님께선 국민신문고에 한 번 혼쭐이 나신 걸로 압니다. 과장님이라곤 다를까요?"

준철은 쓱 서 팀장을 살폈다.

'대체 어떤 싸움을 하고 있었던 거냐……'

지금 보니 서 팀장 얼굴이 많이 초췌해진 것 같다.

죄책감이 마구마구 들었다. 그럼에도 불평 한 번 없었던 서 팀장이 너무도 대견했다.

"자리에는 책임도 따르는 법입니다. 이 이상 나오면 저흰 공동 소송까지 할 각오를 하고 있습니다."

"공동 소송이라. 그것도 성진유업에서 알려 준 매뉴얼인가요?"

하지만 정작 당사자인 준철은 시큰둥하기만 했다.

"이보세요, 젊은 과장님. 지금 우리가 장난치는 줄 알아요? 왜 이렇게 자꾸 건성 건성으로 듣지."

공정거래
위원회

"원장님들이야말로 우리 말 건성으로 듣지 마세요. 누가 봐도 공짜 대출 받고, 분유 납품 받은 건데, 이게 지금 말이 된다 보십니까?"

"그건……."

준철은 놈들이 항변할 틈을 주지 않았다.

"서 팀장, 지금 개원의들 대출 이자가 얼마나 되지?"

"1금융권에서 평균 7~10%로요."

"한도는?"

"많아 봐야 겨우 2-3억 수준입니다. 10억까지 대출 받으려면 2금융권까지 가야 돼요."

"그니까 여기 계신 분들 대출 조건이 압도적으로 좋다는 거네."

"네. 성진유업 대출은 여기에 10년 만기, 자동 연장 조건까지 붙어 있습니다."

준철은 다시 고개를 돌렸다.

"성진유업은 무슨 자선 사업가들인 모양입니다. 학자금 대출도 이런 조건은 아닌데 말이죠. 혹시 여기 계신 분들이 장학생들인가."

"……."

"이래도 리베이트가 아닙니까?"

잠시 주춤했지만 홍 원장의 생각엔 변함이 없었다.

"네. 아닙니다."

단호한 대답이 즉각 튀어나오는 걸 보니 절대 자백할 마음이 없나 보다.

　두 번 말할 필요가 없다. 준철은 미련 없이 자리를 털고 일어났다.

　"좋습니다. 그럼 끝장을 봐야지. 근데 각오는 하시는 게 좋을 겁니다. 우린 이 성진분유 식약처에 성분 조사 의뢰할 거거든요."

　성분 조사란 말에 병원장들 낯빛이 바뀌었다.

　"뭐요?"

　"정직하게 납품 못 따내는 거 보니 성진 분유에 문제가 많은 모양이죠. 우린 이 제품이 정말 신생아에 문제없는지 확인해야겠습니다."

　이에 병원장들이 자리를 박차고 일어났다.

　"세상에 그런 억지가 어디 있어! 괜히 성진분유 이미지에 흠집 내려고 그러는 거 모를 줄 알아?"

　"잘 아시네."

　"뭐?"

　"네. 불안감 조성 좀 해 보겠습니다."

　"아니, 대체 그런 억지가 어디 있냐고!"

　"그럼 그런 억지는 어디 있습니까?"

　"뭐?"

　"대출 특혜 받고 해당사 제품 썼는데……. 리베이트가 아니다? 뭐 법리적으로 빠져나갈 순 있겠지만 소비자들도 그렇게 생각하는지 봅시다."

편법엔 편법으로 대응하는 수밖에.

물론 성진분유에서 대단한 유해물질이 나올리는 없겠지만, 성분 조사 자체가 산모들의 불안감을 크게 자극해 줄 것이다. 요즘처럼 커뮤니티가 활성화된 시대엔 이게 곧 불매운동으로 이어진다.

"그럼 이만."

그렇게 떠나려 할 때 뒤에서 웬 고함이 들렸다.

"자, 잠깐만!"

질 끝판왕 사망

한명그룹
김성균 본부

편법 처벌

뒤를 슬쩍 돌아보니 웬 사내 얼굴이 시퍼렇게 질려 있었다.

"잠깐만 아니, 잠깐만요!"

"뭐죠?"

"식약처 성분 조사라 함은…… 병원 이름들까지 다 퍼트리겠단 얘깁니까?"

준철은 어깨를 으쓱였다.

"설마 저희가 그렇게 치사하게 굴까요. 당국에서 병원 이름 거론하는 일은 없을 겁니다. 하지만."

"……하지만?"

"공론화 과정에서 실명 튀어나오는 일이 뭐 한두 번 있는 일인가요. 저희는 현재 연루된 병원들 모두 기소할 거고, 눈치 빠른 기자가 이 명단 입수한다면……. 굳이 기사 배포 막지는 않을 겁니다."

"아니, 지금 누구랑 말장난해? 그게 결국 병원 신상 공개하겠단 얘기 아니에요!"

발 없는 말이 지구 반대편을 가는 시대다.

특히나 대한민국 엄마들은 소문에 민감하다. 언론에 기사가 나가는 순간, 병원 신상이 공공연하게 나돌 것이며 맘카페엔 병원장 신상까지 나돌 것이다.

"그 말장난 먼저 시작한 건 여러분들 아닌가요?"

"……뭐요?"

"솔직히 말씀드리죠. 기업에게 무이자 대출 받고 납품권 준 거? 법적으론 대가성 입증 아주 어렵습니다. 여러분들 스폰 잘 잡았어요. 성진유업 아주 프로들입니다."

빈말이 아니다. 놈들 덕분에 법의 허점이 뭔지, 어떤 부분을 보완해야 하는지 여실히 깨달았다. 연관 기업은 상호 대출 못 하게 막아 버려야 한다.

마음 같아선 성진유업 잔대가리들에게 4급 과장 자리를 양보하고 싶을 정도다.

"그래서 우리도 할 수 있는 편법 처벌 하겠다는 겁니다."

"아니, 그 소리가 어떻게 당당하게 나와? 정신 차려, 당신 공무원이야!"

"맞아요, 나 공무원입니다. 밥 먹고 하는 일이 관련법 가지고 씨름하는 건데, 나라곤 편법 하나 못 쓸까."

공무원이 편법을 잡으러 다니느라 힘든 거지, 쌍방으로 편법 쓰라면 누구보다 잘한다. 아무도 뒷감당을 하기 싫어 안할 뿐.

그런데 진짜가 나타나 버렸다.

조사가 편법에 막히면, 다른 편법을 써 그에 준하는 처벌을 내리는 놈.

"이, 이보세요. 과장님. 아무리 그래도 이건 너무한 거 아닙니까? 아무리 성진유업이 막 나간다 해도 국내 3대 유제품 업쳅니다. 신생아 분유에 무슨 유해 물질이 나오겠습니까?"

"저희도 그럴 거라 생각 안 합니다."

"알면서도 하시겠다니요. 이건 직권 남용입니다."

"그럼 혐의 걸어 보십쇼."

"……예?"

"혐의 거시면 공론화 더 크게 되고 사람들 기억에도 오래 남겠네요."

유죄 입증을 뭐 하려 하나? 어차피 성진유업은 3심까지 끌거고, 최종심에선 아주 귀여운 과징금으로 마무리될 거다. 무기력하게 끝난 지난 조사들이 이를 여실히 증명해 준다.

하지만 식약처에 성분 검사를 의뢰하면 공포 불매로 이어질 테니 대충 과징금이랑 퉁칠 수 있다.

뿐이랴. 성진그룹의 못된 버릇을 고칠 수 있음은 물론, 좋은 선례를 남겨 동종 업계의 기강을 잡을 수도 있다.

일타쌍피의 패를 안 쓸 이유가 뭔가?

"걱정들이 많으시군요. 이해합니다. 산후조리원이 리베이트 분유를 썼다는 걸 알면 산모들의 반발이 엄청나겠죠. 게다가 그 분유가 성분 조사 대상이라니……. 이건 반발을 넘어 소송을 당할 수도 있겠습니다."

준철은 슬슬 약 올리며 이들의 불안감을 부채질했다.

굳이 그러지 않아도 이들 머릿속엔 이미 지옥도가 그려지고 있었다. 거금을 들여 만든 산후조리원이 자칫하다간 폐가가 되게 생겼다.

"아, 그리고 성진유업 때 불매운동 얼마나 심하게 일어났는지 아시죠? 그나마 성진유업이 대기업이라 그 정도로 넘어갔지, 일반 병원들이면 감당 못 할 겁니다."

코스피 200에 한국 3대 유제품 업체로 꼽히는 성진유업도 불매운동 한 번에 주가가 반토막 나고 매출이 20% 폭락했다.

그나마 대기업이라 이 충격을 견딜 수 있었지만, 건물 월세 걱정에 잠 못 이루는 개원의 입장에선 언감생심인 일이다.

"이, 이건 말이 안 돼."

"……차라리 영업 정지가 나아."

"어떻게 연 내 병원인데……. 어떻게……."

병원장들이 경기를 일으키자 준철이 서류 하나를 슬쩍 책상에 올렸다.

쥐를 궁지에 몰았으니, 이제 살길을 알려 줘야 한다. 이 사태를 가장 빨리 해결할 수 있는 방법.

"딱 다섯 분만 받겠습니다."

"……."

"가장 먼저 자백하는 병원은 면책해 드리겠습니다."

"……면책요?"

"검찰 기소 대상에 안 올리겠다는 겁니다. 그럼 언론에 유포될 일도 없겠죠? 단 조건이 있어요. 성진유업한테 받은 대출 싹 다 털고 오세요."

"과장님, 저희도 생계형 의사들입니다. 그 큰돈을 어떻게 단번에……."

"그간 받은 무이자 혜택으로 적금 안 들고 뭐 했습니까? 대부 업체를 가든 처가댁에 가든 알아서 마련하세요."

나가려던 맡에 준철이 돌아섰다.

"아, 이 얘긴 우리끼리 비밀입니다. 성진유업엔 서프라이즈로 공개할 거라서."

뒷얘긴 들리지도 않았다. 내일 당장 길바닥에 나앉게 생겼는데 그깟 성진유업이 대수겠는가.

준철이 홀연히 떠나자 회의장은 다른 의미로 엄숙해졌다.

언론에 유포되면 병원 신상이 털리는 건 시간문제. 과연 이 중에 배신자가 하나도 없을까?

"머, 먼저 일어나겠습니다."

"나도 좀……."

사실 계산할 것도 없다. 선착순 안에 들기 위해선 가장 빨리 자금을 마련해야 한다.

✦

"자세히 말해 봐. 뭐라고?"

"현재 공정위가 병원들을 계속 들쑤신 모양입니다. 자백하면 선착순대로 봐주겠다고……."

"내가 지금 하나부터 열까지 설명하래? 그래서!"

"벼, 병원장들이 대출을 갚겠다고 달려들고 있습니다."

이미 다섯 병원이 대출을 다 갚으며 선착순이 마감되었지만, 병원들의 상환 러시는 계속 이어지고 있었다.

직감적으로 아는 것이다. 이 배가 곧 침몰할 것이라는 걸.

"고작 의사 새끼들이 돈은 갑자기 어디서 나와?"

"대부업부터 처갓집에까지 손 벌린다고……."

"육시럴 새끼들! 우리가 대부 업체보다 위험해? 이게 처갓집까지 자존심 굽힐 일이야?"

김 회장은 성질을 주체 못 하고 책상을 뒤집어 버렸다.

대출 만기 얘기만 꺼내면 꼬리를 살랑거리던 의사 놈들이, 지금은 돌 반지까지 팔아 대출을 상환 중이다. 이 뜻은 당연히 배신하겠단 의미이며 어쩌면 이미 배신자가 나왔을지도 모른다.

"김 사장, 대체 일을 어떻게 하는 거야!"

"죄, 죄송합니다."

"이거 어차피 대가성 입증 못 한다는 거 말 안 해 줬어?"

"했습니다. 근데 공정위가 들쑤셔서 불안감을 조성한 모양입니다."

"무슨 불안감! 우리가 이딴 일 한두 번 막아 봐? 대가성 입증 못 한다는 전문 변호사 자문 없었어? 대체 불안할 게 뭐 있어?"

"자, 잘 모르겠습니다."

진짜로 귀신이 곡할 노릇이다.

충성심으로 똘똘 뭉친 병원장들이 공정위와 미팅 한 번 하더니 바로 돌변해 버렸다. 회의 내용을 물어도 다들 전화 피하기 바쁘다.

"회장님, 진정하십쇼. 일단은 대책부터 논의해야 할 것 같습니다."

한참을 씩씩거리던 김 회장이 눈을 돌렸다.

"지금 어디까지 파악됐지?"

"자회사를 통해 대출 실행한 것까지요."

"그 밖에 다른 건?"

"우리가 병원들에게 직접적으로 돈을 건넨 내역은 없었으니, 잡힐 건 없습니다."

염병할 새끼들! 가만히 숨만 쉬고 있어도 이기는 싸움이구만.

회장님이 또 폭발할 기미를 보이자 홍 상무가 바로 말을 이었다.

"회장님, 어차피 배신자가 한 놈도 안 나올 순 없었습니다. 떠난 놈은 그냥 미련 없이 손절해 버리죠."

"손절?"

"대강 사정 들어 보니 공정위가 면책 조건으로 부채 상환을 건 모양입니다. 근데 의사들이 다 그 돈 마련할 수는 없죠."

"아직 못 갚은 놈들이 많다는 건가?"

"네. 아직은 우리 편이 더 많습니다."

이 말이 위안이 됐는지 김 회장의 노기가 조금 가라앉았다.

"홍 상무, 자네 계획은 뭔데?"

"무시가 답입니다."

"무시가 답?"

"자백한 놈들은 공정위의 회유와 협박에 못 이겨 저러는 거다 매도하고, 재판 끝가지 가야죠."

"대출 조건이 다 똑같았다. 이건 한 놈이 자백해도 다 끝난 게임이 아니야?"

"아닙니다. 재판은 어차피 철저한 증거대로 가게 되어 있습니다. 근데 대출과 납품의 연관성을 어떻게 연결 짓겠습니까."

"……계속해 봐."

"자백한 병원은 우리가 시키지도 않았는데, 알아서 긴 거라고 몰아가면 됩니다."

절묘한 계책에 김 회장이 무릎을 쳤다.

우리가 시킨 게 아니라 하청들이 알아서 긴 거다. 갑질 걸린 원청들이 가장 많이 하는 변명이며, 가장 잘 먹히는 멘트이기도 하다.

"이거 어차피 대가성 입증 못 하고 끝나게 되어 있습니다."

"만약 그러다 처벌이 과하게 나오면?"

"뭐 과징금 수십억 부르면 깎으면 되죠. 어차피 3심까지 갈 생각 아니었습니까?"

"그래도 너무 버티면 괜히 싸움 커지고 공론화만 될 텐데……."

눈치 보던 임원들이 한마디씩 거들었다.

"회장님, 저희가 뭐 불매운동 한두 번 당해 보겠습니까."

"사실 고객들에게 더 깎아 먹을 이미지도 없습니다. 우린 품질로 승부하면 됩니다."

지난 녹취록 파문이 재앙이긴 했지만, 좋은 유훈도 남겨 주었다.

그 어떠한 풍파도 버티면 이길 수 있다는 것. 성진유업은 이런 방면에서 이미 지독한 내성이 있는 기업이었다.

이 또한 지나가리라.

"홍 상무님 말이 맞습니다."

"저흰 저희대로 버티는 게 좋겠습니다."

"조리원의 분유 납품은 알아서 긴 거라 우기시죠."

지난 경험을 되돌아보면 이 말도 안 되는 변명은 이번에도 먹힐 가능성이 컸다.

하지만 이때 현실적인 의견을 내는 이도 있었다.

"회장님, 하지만 우리가 좀 냉정하게 돌아봐야 할 부분도 있습니다."

"본부장?"

"만기 얘기만 나오면 살랑거리던 원장들이 왜 갑자기 돌변했을까요……. 사실 지금 굉장히 안 좋은 뒷소문이 돌고 있습니다."

김 회장의 눈빛에 살기가 돌았다.

"뒷소문?"

"네. 공정위가 저희 분유를 성분 검사 하기로 했다는 소문이 돌더군요."

"그건 또 무슨 말이지?"

"지난 1차 적발에 이어 이번이 2차 적발 아닙니까. 이렇게 연이어 로비를 했던 이유가 제품에 하자가 있던 것이라 판단한 모양입니다. 유해성 검사를 의뢰하기로 했다고……."

"푸하핫!"

심각한 분위기를 깨며 김 회장의 웃음소리가 만방을 갈랐다.

공정거래
위원회

"크하핫. 이 자식들 잘한다 싶으니 영 똥볼을 차는구먼."

김 회장은 고개를 뒤로 젖히며 웃음을 터트렸다.

연유를 모르는 임원들만 다급해졌다.

"회장님, 웃을 때가 아닙니다. 공정위가 식약처에 품질 검사를……."

"그거야 놈들 자살골인데 무슨 걱정을 해? 우리가 비록 납품을 리베이트로 따냈지만 품질엔 문제없다. 유해성 성분 당연히 안 나와."

더러운 영업 방식은 차치하더라도 성진유업은 한국 3대 유제품 업체다. 넘지 말아야 할 선과 넘어도 되는 선에 대해선 누구보다 잘 안다.

제품에서 유해성 물질이 검출되면 리콜은 물론, 판매 면허 정지까지 이어질 수 있는데 그 선을 넘었겠는가.

영업은 비겁했지만 품질은 정직했다고 자부할 수 있다.

"원래 사람이 권력에 취하면 기고만장해지는 법이지. 고작 먼지 한 올 찾았다고 우릴 아주 죽이려고 들어?"

"……."

"이건 놈들의 명백한 공권력 남용이다. 우리한테도 좋은 빌미가 넘어왔어."

본래 협상은 서로 비슷한 무기를 들었을 때, 잘 나오는 법.

영업 약점을 들켰지만, 공정위 약점도 쥘 수 있게 됐으니 곧 거국적 타협이 나올 거란 기대가 들었다.

"공정위 면 세워 주는 셈 치고 몇 억 정도 과징금 내자고."

"회장님…… 공정위의 본 목적은 그게 아닙니다. 일부러 저희 이미지에 흠집 내려고 식약처 테스트를 의뢰하는 겁니다."

김 회장은 그 말을 다 이해하지 못하고 눈을 껌뻑였다.

"뭐라?"

"식약처 테스트 자체가 우리 분유에 문제 있다고 광고하는 꼴 아닙니까?"

"그 결과가 어떻든 결국 고객들 이탈로 이어질 겁니다."

김 회장의 상식으론 이해할 수 없는 말이다.

"그니까 지금 담당자가 이걸 노리고 일부러 그런다?"

"그렇습니다."

"그게 무슨 귀신 씨나락 까먹는 소리야. 그럼 담당자 놈은 뒷감당 어찌하려고."

"소문을 들어 보니 그놈은 공정위 내에서도 알아주는 무대포랍니다. 만지는 사건마다 딱히 뒷일 생각 안 하고 덤빈다더군요."

그제야 김 회장은 정신이 번쩍 들었다.

세상에서 가장 무서운 건 잃을 게 없는 놈이다. 기업이 공권력을 두려워하지 않는 건 천하의 검사도 잃을 게 많은 놈들이라 다루기 쉬웠을 뿐이다.

호랑이 검사도 윗선을 통해 압력 좀 넣어 주면 얌전한 고양이가 되었다.

근데 듣도 보도 못한 놈이 출현했다.

담당자가 직을 걸고 흙탕물 싸움을 걸면? 식약처 결과가 어떻든 성진유업의 대패 아닌가.

"대체 그런 놈이 어디 있어?!"

워낙 상식 밖의 일이라 이해하는 데에 한참이 걸렸다. 하지만 과거 몇 개를 되짚어 보니 모든 퍼즐이 맞춰진다.

분명 초반에 증거 못 찾고 진작 끝났어야 할 수사였는데…… 갑자기 전 계열사 압수수색을 하더니 이 지경에까지 왔다.

만나 보진 않았지만 담당자는 충분히 할 수 있는 놈이다.

"하아……."

성분 검사는 냄비처럼 잠깐 끓다 마는 불매운동과 차원이 다르다. 대한민국에서 가장 극성 소비층인 산모들은 크게 들끓을 것이며, 성진은 유해 분유로 낙인이 찍힐 것이다. 한 번 생긴 편견은 영원히 간다.

"당장 그만둬."

"……예?"

"지금 당장 그만두란 말이야!"

어쩌면 이 때문에 멀쩡하게 따낸 납품권마저 날아갈지 모를 상황.

김 회장은 이런 쪽에 있어선 계산이 빠른 사람이었다.

"우리 전략 바꾼다. 지금부턴 공정위 조사에 다 협조해. 김 실장, 지금 식약처 테스트와 관련해서 뉴스 나간 거 있어?"

"아니오. 아직은 없습니다."

"그럼 여기가 데드라인이야. 절대로 언론에 한 줄도 나가 선 안 돼!"

"근데 회장님, 이러면 또 공정위 과징금은 부르는 게 값이 될 텐데……."

"그거야 3심까지 개겨서 깎으면 되고. 당장은 급한 불부터 끈다."

임원들이 허둥지둥 떠날 때 회장님의 불호령이 다시 떨어 졌다.

"아니다. 지금 당장 리베이트 자료 모아서 나한테 가져와. 김 사장, 우린 자료 준비되는 대로 바로 공정위로 간다."

소환장도 오지 않았는데 회장님이 직접 출석하겠노라 선 언해 버렸다. 그제야 임원들은 사태가 얼마나 심각하게 돌아 가는지 이해할 수 있었다.

๏

"김성진 회장이 왔다고요?"

"네."

"면담 때도 사장 보내던 놈들이 왜요?"

"아무래도 저희가 어떻게 진행할지 아는 모양이에요. 아주 빤스 바람으로 달려온 기색입니다."

예고도 없이 김 회장이 찾아왔단 소식에 웃음이 나왔다. 꼭두각시 뒤에서 숨어 계시던 분이 왜 이런 누추한 곳까지 찾아왔을까. 뭐 이런 쪽엔 노련한 양반이니 향후 파장을 예상한 모양이다.

"몇 명이나 왔습니까?"

"거기 임원진 다 데려왔습니다."

"잘됐네요. 이 시나리오 짠 거 누군지 얼굴 궁금했는데."

황 팀장이 넌지시 물었다.

"근데 과장님, 만나 보실 겁니까?"

"왜요?"

"괘씸하잖아요, 답 없다 싶으니 부랴부랴 튀어 오는 거. 어차피 우리가 정식 소환장 보낸 게 아니라 면담 거부해도 무방합니다."

"맞습니다! 그냥 재판에서 보자 해 버리죠. 병원 돌아다니면서 당한 문전박대 생각하면 아직도 치가 다 떨립니다."

준철도 서 팀장의 노고를 알았기에 달래듯 말했다.

"이런 만남을 거부했느냐 마느냐가 재판에서 유불리를 가른다. 직접 찾아온 손님인데 그래도 귀하게 모셔 줘야지."

"하지만……."

"황 팀장님, 저쪽은 어디까지 아는 거 같습니까?"

"부랴부랴 달려온 걸 보면 우리가 식약처 테스트한다는 것까지 알고 있는 겁니다."

"그럼 다 알고 있겠네요. 우리 진목적도."

"네. 그랬으니 저렇게 총알처럼 튀어 왔겠죠."

황 팀장은 내심 준철의 기획에 감탄하고 있었다.

꼭 호랑이 굴에 찾아가야 호랑이를 잡을 수 있는 게 아니다. 산을 다 불태워 버리면 호랑이가 기어 나오기도 한다.

준철의 맞불 작전, 아니 편법 처벌 작전은 저질 영업 최고 권위자인 김성진도 제 발로 찾아오게 만들었다.

"괜히 우리 뒷다리 붙잡고 봐달라고 애원하기나 할 텐데…… 괜히 우리 마음만 약해질 것 같습니다."

"안타깝지만, 제가 고작 이런 걸로 마음 약해질 사람이 아닙니다."

준철은 여유롭게 웃으며 고개를 돌렸다.

"서 팀장, 먼저 가서 그쪽한테 자료 좀 받아 놔. 분명 리베이트 자료 다 가져왔을 거야."

"예."

"황 팀장님, 우리 만나는 봅시다."

"결례를 용서하십쇼. 미리 찾아뵙고 인사드렸어야 했는데."

처음 만난 김 회장은 무척 겸손한 얼굴이었다.

금세 수척해진 얼굴이 얼마나 마음고생이 심한지를 알려 주는 것 같다.

"네. 반갑습니다. 한데 어인 일로?"

"일전에 저희 본사를 찾아오신 걸로 압니다. 그때 하필 제가 해외 출장 중이라…… 응대 못 해 죄송합니다."

"아…… 출장. 저흰 사장단 방패 삼아 숨어 계신 줄 알았는데, 성진은 그런 걸 출장이라 부르는군요."

슬쩍 한 번 빈정거렸는데 표정엔 미동도 없었다.

진짜로 각오하고 온 모양이구나.

김 회장에겐 차라리 이렇게 나와 주는 게 속 편하기도 했다. 그는 가식을 집어 던지고 직설적으로 말했다.

"좋습니다. 오히려 이렇게 나오니 말하기 편하겠군요."

"네. 용건만 말하세요."

"실력 구경 한번 잘했습니다. 덕분에 맨날 만기 불평해대던 병원장들이 앞다퉈 대출금을 다 갚았어요."

준철이 씩 웃었다.

죽음의 레이스를 시작한 당일, 바로 수 곳의 병원장들에게 연락이 왔다. 대출금을 다 갚았으며, 갚고 있는 중이라는 메시지였다.

"그래서 감사하단 말씀을 꼭 좀 드리고 싶었습니다."

"감사?"

"아무리 의사라고는 하나 너무 큰돈을 빌려줘서 우리도 고민이 이만저만 아니었거든요. 덕분에 병원장들이 돈을 싹 다 갚으니, 상환 걱정도 없고 아주 좋습니다."

이게 웃으면서 할 수 있는 대화인가……? 대출금 갚겠다는 건 곧 자신들을 배신하겠다는 의미일 텐데.

그 와중에 여유로운 척하는 걸 보니, 아직은 할 만하다 생각한 모양이다.

"도움이 됐다면 다행입니다. 그럼 본론 말씀하세요."

"오해가 있었단 말씀드리고 싶습니다."

"오해?"

"기업에서 대출금 내주는 거, 그리고 병원이 자사 납품만 받는 거. 누구에겐들 오해 살 만한 일이죠. 게다가 그 병원이 우리 분유만 썼으니 얼마나 의심이 많이 들겠습니까."

"그래서요?"

"근데 그건 저희들 지시 사항이 아니었습니다. 병원들이 자발적으로 저희 분유를 쓴 거죠."

"지금 병원들이 알아서 기었다는 겁니까?"

"그렇습니다. 사실 현 사태에 저희 임원진도 큰 당혹감을 느낍니다. 저희는 제품 경쟁력으로 납품을 따냈다 생각했는데 결과가 이 모양이니."

기업 회장이 아니라 아주 연기자다.

저 능구렁이 수법으로 빠져나갔을 수많은 재판을 생각하

공정거래
위원회

니, 일말의 동정심마저 싹 사라진다.

"알아서 기었다……. 눈 가리고 아웅 하는 격이군요. 뭐, 저희 약 올리려 오신 건가요?"

"안 믿으실 줄 알았습니다. 그 또한 기업 관리 못 했던 제 책임을 통감합니다. 하여 그에 대한 책임을 지고자 합니다."

"무슨 책임이죠?"

"공정위가 납득할 수 있는 과징금을 부과하면 모두 승복하겠습니다. 부디 선처를 부탁드립니다."

이건 선처가 아니다.

'납득할 수 있는'이라는 단서를 달지 않았나. 크게 양보하는 척하지만 결국 속뜻은 적당한 과징금 때리고 사건 끝내자는 협박이다.

대강 상황 파악을 끝내니 준철이 크게 웃었다.

"한 100억 정도 생각하고 있는데, 이 금액이 납득 가능하신지요?"

"예? 얼마요?"

"100억요."

"아니, 지금……."

"당연히 납득 못 하실 겁니다. 이 사태를 리베이트가 아니라고 부정하는 것 자체가 이미 처벌에 대한 승복 의지가 없다는 뜻일 테니."

"이보세요~ 우리가 비슷한 사건 처벌도 여러 차례 받아

봤는데……."

"네. 그때마다 미꾸라지처럼 잘도 빠져나갔죠. 지난 적발 땐 2억으로 마무리했고, 130억짜리 과징금 5억으로 만드는 실력, 구경 한번 잘했습니다."

준철이 기세를 올렸다.

"그게 당연히 이번에도 통용되겠지요? 우리가 많은 과징금 내면 또 3심까지 끌 거 아닙니까."

정곡을 찔리자 김 회장도 부인하지 않았다.

"그렇다고 식약처에 성분 검사 하는 게 말이 됩니까?"

"왜 안 되나요? 2번 연속 리베이트로 납품을 따내니, 우린 성진분유 자체에 의구심이 들었습니다."

"권력 남용을 그럴듯하게 포장하지 마십쇼. 저희가 공정위 진의를 모를 것 같습니까?"

"저희 진의가 뭔데요?"

"하아……. 진짜."

"저흰 누구보다 성진유업의 안전성 통과를 기원합니다. 신생아들 먹는 분유에 장난질하면 사람이 아니죠. 다만 왜 정직한 제품을 자꾸 더러운 방법으로 판매하나……. 이 의문만 좀 해결하고 싶습니다."

김 회장은 자꾸만 비비 꼬아대는 준철의 말투에 넌더리가 날 것 같았다.

"알겠어요. 알겠습니다. 공정위 처벌에 모두 승복하겠습니

공정거래
위원회

다. 행정소송? 꿈도 꾸지 않겠습니다. 모든 처벌에 승복하겠다는 겁니다. 그러니 과장님도 그만하시죠."

"뭘요?"

"식약처 테스트, 우리 망신 주기용이란 거 압니다. 근데 그건 과장님께도 굉장히 위험하단 거 아시죠? 젊고 앞날도 창창한 분이 괜한 도박 안 하시리라 믿습니다."

그 말에 준철의 얼굴이 썩어 들어가기 시작했다.

"어째 협박처럼 들립니다?"

"뭐 피차 위험한 건 사실 아닙니까."

과연 능구렁이 같은 노인이다.

바짝 엎드리는 척하면서도 자기가 무슨 무기를 가지고 있는지 슬쩍 어필한다.

사실 식약처 성분 검사는 젊은 과장에게 전혀 이로울 게 없었다.

조사 결과는 어차피 유해성 미검출이며, 도리어 과잉 조사 꼬투리만 잡힐 테니.

조사를 여기까지 끌어올 정도의 일머리면 여기까지 계산 못 할 리 없다.

'뭘 저렇게 뜸 들이지? 대답은 이미 정해져 있는 거 아닌가?'

하지만 김 회장의 예상과 달리 원하는 대답이 나오지 않고 있었다.

서서히 불안하기 시작했다.

식약처 성분 검사는 자신을 협상 테이블로 끌어내기 위한 카드 아닌가?

김 회장은 그에 부응해 리베이트 자료를 모두 들고 와 자백했고, 당국의 과징금에 모두 승복하겠노라 약속까지 했다.

그럼 지금쯤 구체적인 액수 가지고 실랑이가 오가야 한다.

근데 왜 자꾸 시원한 대답이 나오지 않는 걸까.

"뭘 고민하시는지 모르겠습니다만 한 말씀 드리죠. 만약 공정위가 성분 조사를 의뢰한다면 이 자체로도 저희가 입을 피해가 아주 막심합니다. 당연히 저흰 그 피해에 대한 책임을 물을 거고요."

"책임?"

"흠집 내기용 조사를 어떻게 방관하겠습니까. 감사원에 진정을 넣어 시시비비를 가릴 겁니다. 아마 과장님께서도 엄청 귀찮아지실 겁니다."

벼랑 끝 전술이 통한 걸까.

젊은 과장이 슬며시 시선을 외면했다.

뒤이어 허파에서 바람 빠지는 소리 같은 게 났는데 헛웃음인지 한숨인지 분간이 가질 않았다.

뭐가 됐든 기세를 꺾어 놓은 것만은 분명했다.

"이런. 얘기를 하다 보니 제가 너무 격하게 말한 것 같군요. 오해하셨다면 죄송합니다. 적당한 과징금이면 저희도 승

공정거래
위원회

복을 하겠단 의미였습니다."

"아니요. 오해 없이 아주 확실하게 이해했습니다. 역시나
제 결정이 옳았군요."

결정이 옳았다?

무슨 뜻인지 헤아리던 찰나, 갑자기 회의실 문이 열리며
한 사내가 들어왔다.

서 팀장은 김 회장에게 눈을 흘기더니 준철에게 귀엣말을
전했다.

"오— 벌써 터트렸어?"

"예. 안 그래도 요즘 기사거리 없었는지 기자들이 아주 좋
아라 하더군요."

"좌표는 찍어 줬고?"

"찍어 주기도 전에 이미 다 가 있던데요. 지금 기자들 다
식약처 앞에서 대기하고 있답니다. 아, 포털엔 이미 기사 나
간 것 같은데 한번 보시겠어요?"

심상치 않은 대화에 김 회장의 노기가 튀어 나갔다.

"지금 무슨 말들을 하고 있는 겁니까. 아까 본인 결정이 옳
았다는 건 또 무슨 말이고요."

"오— 진짜네. 벌써 실검까지 장악했잖아?"

"이보세요, 과장님! 지금 사람 무시하는 겁니까?"

핸드폰을 보던 준철이 씩 웃으며 김 회장을 바라봤다.

"역시 내 결정이 옳았어요."

"그게 무슨……."

"어떻게 하면 성진유업의 못된 버릇을 고쳐 줄 수 있을까 고민 많이 했거든요."

준철의 얼굴은 더할 나위 없이 쾌활했다.

"근데 고작 몇 억대 과징금 때려 봤자 상징적인 처벌에 그칠 거 같지 뭡니까. 워낙에 상습범들인데. 해서 제가 총대 메고 그냥 실질적인 처벌 내리기로 했습니다. 지금 포털에 뜬 뉴스 한번 보시겠어요?"

도통 알아들을 수 없는 말이다.

상징적 처벌? 실질적 처벌?

하지만 준철의 핸드폰을 봤을 때 그게 무슨 의미였는지 단번에 이해할 수 있었다.

[속보 - 성진유업 리베이트 파문]

[공정위, 지난 1차에 이어 두 번째 적발이라 설명]

[성진유업의 고질적 리베이트, 제품 때문일까?]

[공정위, 식약처에 성분 조사 의뢰. 유해 성분 가능성 거론]

기사 몇 줄 읽었을 뿐인데, 김 회장 얼굴이 쩍 갈라지고 말았다.

이와 함께 그의 전화기가 수도 없이 울려 대기 시작했다.

―다음 소식입니다. 성진유업이 수도권 등지 50여 곳의 산후조리원에 리베이트 분유를 했단 사실이 적발되어 업계에 큰 파문이 일고 있습니다.

성진유업은 자회사인 에브리유업을 통해 개원의들에게 평균 10억 원을 대출해 줬는데요. 대부분 무이자나 1%대의 저리로 대출 받아 사실상 대출 특혜란 말이 나오고 있습니다.

―공정위는 이를 리베이트로 판단, 리베이트 금액을 최소 억대로 추정한다고 밝혔습니다. 하지만 1억을 받는 것과 1억에 상당한 특혜를 받는 건 크게 달라 대가성 입증이 어려울 것이란 전망도 밝혔습니다.

성진유업의 산후조리원 리베이트는 이번이 두 번째 적발입니다.

―이에 공정위는 검찰에 성진유업을 고발하는 한편, 식약처에 성분 조사를 의뢰했는데요. 연이은 납품 로비로 품질의 안정성이 의심스러운 상황이라 밝혔습니다. 성진분유의 유해성 가능성을 열어 둔 것입니다.


기업 리베이트는 별 특별할 것도 없는 세상이었지만, 그날 성진 뉴스는 9시 뉴스를 완전 장악해 버렸다.

공정위가 성진분유의 유해성 가능성을 거론했기 때문이다.

기자들이 들이닥쳐 해당 의혹에 대해 물었지만 공정위는 침묵을 지켰다. 아직 답변드릴 수 없다는 대답은 대중의 상상력만 자극했다.

비록 직접 거론한 말은 아니지만, 성분 조사를 의뢰하는 것 자체가 그 이상의 파급력을 주는 것이었다.

그 파장은 실로 대단해서 맘카페 등의 커뮤니티는 크게 불타올랐다.

−조리원 동기 단톡방 지금 난리 났네요…….

성진분유 썼더라고요……. 조리할 땐 그게 뭔지도 몰랐는데. 다들 어떠신가요?

−저희도 지금 단톡방 완전 다 터졌어요…….ㅠ 연루된 병원이 한두 곳 아니에요.

−공정위는 왜 조리원 명단 발표 안 하나요? 돈 받아먹은 병원장도 수사해야죠!

−선의의 피해 병원도 생길 수 있어 직접 거론 안 했답니다…….

−아니 어떻게 애기들 먹는 분유 가지고 장난 칠 수 있나요?

진짜 성진유업 미친 거 아닌가요? 갑질이야 영업의 문제라 쳐도 제품 문제는 진짜 아니잖아요.

−저도 진짜 미치겠네요……. 우리 애기 지금까지 성진분유만 먹였는데.

−유해성 검출되는 거 아니죠? 하아……. 진짜 속 타들어 가요.

−산후조리원에 리베이트 한 건 진짜 아니지 않나요?

뉴스 보니 신생아 입맛 길들여 놓으면 퇴원하고 나서도 그 분유만 먹는다더군요. 아무리 돈에 미친 기업이라도 정말 이래야 하나요?

-전 둘째까지 성진분유만 먹였는데……. 내일 병원 가서 정밀 진단해
보려고요.

　-그 병원비용 성진에 청구할 수 있나요?! 이건 진짜 아닌 거 같아요.


　어머니의 사랑은 위대했다. 조리원 동기들로 구성된 단톡
방에서 연루 조리원들이 나돌았고, 삽시간에 공동소송 사이
트까지 생겨 버렸다.

　공정위는 약속대로 연루된 병원들을 거론하지 않았지만
대개 여기서 나도는 명단과 일치했다. 수도권 등지에 성진분
유만 쓰는 산후조리원은 처음부터 그리 많은 게 아니었다.

　하지만 여기까지도 겨우 시작일 뿐.

　연이어 성진유업의 주가가 폭락하더니, 일주일 새 시총
30%가 증발해 버렸다. 건실한 기업이 갑자기 폭락하면 보통
이쯤 반등세가 붙기 마련이건만 이번엔 그런 기적도 일어나
지 않았다.

　뉴스 보도가 곧 불매운동으로 이어졌기 때문이다.

　패닉에 빠진 소비자들이 마트에서 성진분유를 환불하기
시작했고, 멀쩡한 산후조리원들이 돌연 납품을 끊어 버리기
시작했다.

　이 모두 주가 공시로 실시간 전송되어 개미들을 불지옥에
빠트렸다.

　"이준철이- 이 새끼!"

"회, 회장님!"

김 회장은 수차례나 혈압을 잡고 쓰러졌다.

주가가 박살 남은 물론 기존 납품처까지 성진유업을 멀리하고 있다. 이번 사태는 품질 자체를 의심받고 있기에 단기간에 극복할 수도 없었다.

설사 이겨 낸다 해도 답이 없다.

유해성 조사, 앞으로 성진분유에 평생 따라다닐 꼬리표다. 한번 생긴 편견은 어지간해선 깨지지 않는다.

"하아······."

사실 그렇게 크게 억울할 건 없었다. 지금까지 쌓아 왔던 업보를 일시불로 받는다 생각하면.

하지만 김 회장은 그렇게 양심적인 인물이 아니었다.

"일단 대형마트 중심으로 계속 세일 행사 진행해."

"······예?"

"1+1이든 뭐든 행사 진행해서 물량 다 털란 말이야! 이거 뭐 남겨 뒀다가 돼지 사료로 쓸 거야?"

그 가격이면 팔 때마다 적자지만 악성 재고로 남기는 것보단 낫다. 회장님의 뜻을 이해한 임원들이 일사불란하게 흩어졌다.

그렇게 수습을 마친 김 회장은 노기 어린 눈빛을 들었다.

"그리고 김 사장. 당장 로펌하고 상의해서 감사원으로 가라."

**공정거래
위원회**

"감사원요?"

"뭘 놀라? 우리 이렇게 만든 놈 안 죽여 놓을 거야?"

"아, 아닙니다."

"어차피 유해 성분은 절대 안 나와. 한 달 안으로 결과 나올 거다. 지금부턴 그 젊은 새끼한테 지옥을 보여 줘."

그쪽에서 방아쇠를 먼저 당겼으니, 이쪽도 가만있을 수 없다.

여기에 대한 대가를 톡톡히 치러 줘야지.

김 사장까지 물러나고 혼자 남게 되자, 김 회장은 긴 한숨을 쉬었다.

분풀이가 끝나니 긴 자괴감이 들었다. 설사 그 공무원 놈을 징계한다 한들 기업이 입은 피해는 복구하지 못하리.

이것은 성진유업에 유례없는 위기였다. 감사원에 징계 요구해 봐야 겨우 분풀이일 뿐이다. 그 징계가 먹혀들지도 장담할 수 없고.

"후우……."

아무리 생각해도 이번엔 자신의 완벽한 패배였다. 지난 세월 쌓아 온 업보를 이번에 일시불로 받나 보다.

۞

"들어와, 당장."

유 국장의 부름에 준철이 고개를 숙이며 들어갔다.

"반성하는 척하지 마라. 뒷일 다 예상했으면서도 사고 친 거잖아?"

여느 때와 달리 그 당당한 얼굴이 아니었다.

"죄송합니다. 근데 어쩔 수가 없었습니다."

"뭐가 어쩔 수 없어?"

"상징적인 처벌로 끝내면 성진유업 분명 또 버릇 못 고칠 겁니다. 실질적인 처벌이 불가피하다고 판단했……."

"이 자식은 말이라도 못 하면 밉지나 않지."

유 국장은 단칼에 말을 잘랐다.

이놈하고 대화를 길게 하면 항상 설득당해 버리고 말았다. 이번엔 절대 그러지 않아야 한다.

"지금 성진 주가 거의 반토막 직전이다. 시장에선 환불 러시 일어나고 있고."

과거 불매운동 같은 움직임은 보이지 않았다. 어느새 성진 분유는 커뮤니티에서 금기어가 되어 버린 실정. 진짜 불매운동은 소리 소문 없이 진행된다는 걸 이번 사건을 통해 깨달았다.

"식약처 결과는 어떻게 예상하지?"

"아마, 유해성 검출까진 나오지 않을 겁니다. 영업의 문제였으니."

"그걸 알면서도 터트렸어?"

"……드릴 말씀이 없습니다."

"그럼 여기에 대해서도 할 말 없겠네?"

유 국장은 감사원에서 도착한 서류를 내밀었다.

"민원 들어왔다. 공권 남용. 방아쇠를 네가 먼저 당겼으니 성진도 가만있지 않을 거야. 태성 로펌에서 직접 진정 넣어 왔어. 식약처 결과에 따라 어쩌면 네 징계가 결정될 수도 있다."

"그렇군요."

각오한 일이다. 성진유업이면 절대 당하고만 있지 않을 거라 생각했다.

"그게 끝이야?"

"예. 거기에 대한 징계는 다 받겠습니다."

"너 이 징계가 무슨 의민지 알기나 해? 공권 남용, 직무유기는 평생 네 인사고과에 따라다녀. 네가 지금부터 정년까지 만년 과장으로 살아도 할 말 없는 거라고."

"괜찮습니다. 어차피 진급 욕심 없었습니다."

대수롭지 않게 말하는 놈에게 떽 소리를 질렀다.

"어휴ー 저 말이라도 못 하면 진짜."

당사자는 정말 개의치 않는데, 자신만 애가 끓는 우스운 상황이었다.

뭐 어쩌겠는가. 저렇게 자리에 연연해하지 않는 모습 자체를 기특하게 여기고 있었는데.

유 국장은 한숨을 내쉬며 서류 하나를 책상에 건넸다.

"쓸데없는 소리 말고 그냥 피난 좀 가 있어라."

"……예?"

"너 휴가 처리시켰다. 이번 조사에 참여했던 팀장들 거까지. 강제 휴가 4박 5일이다. 오해하지 마. 특별 휴가 아니고 네들 연차에서 깐 거니까."

"하지만……."

"감사원 조사는 내가 막는다. 그냥 잠잠해질 때까지 있어."

부하 직원이 큰 사고를 치긴 했지만 징계를 하기엔 너무나 아까운 인재다.

감사원 징계는 자신의 선에서 막아 주고 싶었다.

국장님의 큰 뜻을 이해한 준철은 군소리 않고 입을 다물었다.

이런 상황에서 괜찮네, 어쩌네 하는 거야말로 국장님의 배려를 무시하는 거다.

이럴 땐 헛소리 안 해야 한다.

"감사합니다. 국장님."

준철은 허리를 90도로 숙여 인사를 한 후 자리로 돌아와, 부리나케 퇴근 준비를 했다.

피란지에서 생긴 일

울창한 숲과 아래로 흐르는 계곡.

청주 왕릉산 나뭇가지엔 벌써부터 이른 낙엽이 지고 있었다. 제법 쌀쌀해진 날씨임에도 불구하고 산행로에는 등산객들이 많았다.

과연 한국이 유례없는 속도로 초고령화 사회에 진입하고 있다더니. 요즘은 젊은 사람들 많이 가는 바다보다, 산에 더 사람이 많은 것 같다.

"초가을인데도 산행객들이 많네요. 여기가 청주 낙엽놀이 1번지랍니다."

낙엽도 낙엽이지만 겨울잠 준비하는 산 동물 구경하는 재미가 쏠쏠하다.

도시에선 좀체 볼 수 없던 다람쥐들이 부지런히 도토리를 날랐고, 이따금씩 짝을 찾는 새소리가 들려왔다.

담백한 절경에 답답한 마음도 뻥 뚫리는 것 같았다.

"아이고— 여긴 무슨 곰이 출현한다네요. 반달곰 복원 사업 이라나 뭐라나."

"서 팀장, 그 좀 조용히……."

"과장님, 우리 조심해야겠어요. 곰은 사람을 찢는 거 아시 죠? 여기까지만 들어가요."

준철은 끙 앓았다.

감상에 젖을 만하면 옆에서 자꾸 내레이션을 해 대는 서 팀장 때문이었다.

"서 팀장, 넌 대체 여길 왜 따라왔냐?"

"저도 같은 피란민 아닙니까. 과장님 말 잘 따른 대가로 저 도 강제 휴가 당했잖아요."

"그럼 애인을 만나든가, 소개팅을 하든가 좀 재밌게 보낼 것이지 대체 왜 내 휴가까지 따라왔냐고."

"섭섭합니다, 과장님. 저 뭐 주말에 상사 따라다니면서 시 중들고 점수 따는 그런 인간 아닙니다. 저도 마침 여행이 고 파서 따라왔어요."

불현듯 옛 생각이 났다.

김성균으로 살 때도 주말 없이 일했다. 금요일 저녁은 늘 회식이었으며, 일요일엔 부장님 낚시를 따라다녔고, 공휴일엔 임원들 골프를 따라다녔다.

거기서 터놓은 친분이 진급의 결정적 요인이 되곤 했으니, 사실상 업무의 연장이라 봐도 무방했다.

근데 요즘 사람들은 주말 시중은커녕 업무 끝나고 연락하는 것도 싫어한다고 들었는데……

아무래도 야망 있는 젊은이들은 세대를 막론하고 다 비슷하게 행동하나 보다.

"됐다. 오늘 이 에스코트가 공짜일 것 같진 않고. 목적이 뭐야?"

"목적은요. 무슨."

"그냥 기회 줄 때 말해. 궁금한 거 있으면 다 알려 줄 테니까."

서 팀장은 호의를 두 번이나 사양할 만큼 점잖은 편이 아니었다.

"과장님, 저 진짜 일 열심히 하고 싶습니다."

"뭐?"

"팀장 2년 차에 올해의 공정인 상, 4년 차에 과장 진급, 각종 사회 이슈 관련 사건에 혁혁한 공로. 어떻게 하면 과장님처럼 될 수 있습니까?"

"질문의 핵심이 뭔데? 나처럼 진급을 빠르게 하고 싶다는 거야, 아님 업무 실력을 배우고 싶다는 거야?"

"음…… 두 개 다 들어 볼 수 있습니까?"

서 팀장의 눈이 초롱초롱 빛났다.

"진급이 욕심이면 당장 본청으로 가. 여기서 백날 천날 악덕 기업 때려잡아 봤자, 거기서 리포트 한 장 잘 쓰는 것만 못해."

"아……."

"머슴도 대감집에서 하란 말 있지? 인사고과보단 눈사고과다. 고위직들 밑에서 일해야 같은 일 해도 태가 난다."

가장 현실적인 조언이었는데 예상외로 서 팀장 얼굴이 시큰둥했다.

"리포트라……. 그건 영 제 성미에 안 맞네요."

"뭐?"

"최근에 깨달은 사실인데, 저도 막 현장에서 뛰고 굴러야 에너지가 나는 것 같아요. 과장님처럼."

"왜 자꾸 나랑 억지로 엮으려고 하지? 내가 그 화장실에서 들었던 뒷담을 아직도 못 잊는데."

"실수였습니다, 실수! 그럼 과장님처럼 일 잘하려면 대체 어떻게 해야 됩니까? 저도 업무 능력 인정받아서 위에서 막 진급시키고 싶어 하는, 그런 사람이 되고 싶어요."

진심이었다.

이번 분유 리베이트 때 과장님은 절대로 해선 안 될 실수를 저질렀다. 기업 망신 주려고 식약처에 성분 조사라니. 과잉 조사로 이력에 빨간 줄 가기 아주 좋은 흠이다.

공정거래
위원회

이 때문에 감사원에서 조사 과정까지 검토 당하고 있다.

한데 이걸 국장님께서 직접 나서서 커버 쳐 주고 있지 않나.

준철이 유 국장에게 총애를 받는 건 공공연한 사실이었다.

"그럼 직에 연연해하지 마."

"예? 직에 연연요?"

"응. 의문이 생기면, 의문이 풀릴 때까지 파고드는 집요함. 그것만 갖추면 돼."

너무 난해한 설명이었다.

"그렇게 하면 저도 공정인 상 타 볼 수 있나요?"

역시나 목적이 굉장히 분명한 놈이었구나.

"그건 나도 운이 좋았어. 그냥 일하고 있는데 갑자기 웹튜브 치라고 하잖아. 한유미 과장님이 굉장히 예쁘게 봐주셨고, 내가 대표해서 탄 거야."

"에이— 저도 그때 당시 비화 다 들었습니다. 안전정보과 다른 팀장들이 다 반대했는데, 과장님이 솔선수범하셨다면서요."

새삼 공직 사회가 얼마나 좁은지 느꼈다.

"다들 그냥 뒷광고만 잡고 끝내자 했는데, 과장님께서 웹튜브 자체 내부 규정 만들어야 된다고 한 걸로 압니다."

"그랬었나."

"아, 그리고 그런 일 한두 번 아니시잖아요. 대웅조선 땐 배 한 척 싹 다 까 버렸다 하지 않았습니까. 적발된 특허 도

용만 12건이라고 들었습니다."

"그래. 그런 일이 있었지."

"대체 과장님은 어떻게 매사 확신을 가지고 조사하시는 겁니까."

멍청하지만 솔직한 대답을 해야 될 때 같았다.

"그냥 내 눈엔 다 보이더라."

"……예?"

"그땐 그랬어. 내 눈에 다 보였어."

'아주 그냥 잘난 척이 몸에 배었네.'

서 팀장은 속으로 구시렁거렸지만 한편으로 수긍하고 마는 자신을 발견했다.

수능 최초 만점자가 그랬던가. 만점 비결이 그냥 모르는 문제가 없어서였다고?

아마 비슷한 결의 대답일 것이다.

"뭐 또 물어볼 거 있냐?"

"아니요. 뭐 대답 듣는다 해서 알 수 있는 영역이 아니네요."

"그럼 경치 관람에나 집중하자."

이에 서 팀장이 왕릉산 지도를 펼치며 한 곳을 가리켰다.

"과장님, 여기서 좀만 더 올라가면 사천사랍니다."

"그게 뭔데?"

"고려 시대 때 만들어진 사찰이라는데. 국보 문화재래요. 이야– 이것 보세요. 작년부터 복원 사업을 시작했는데 조경

시설이 아주 좋답니다."

"그래, 다녀와라."

"에이— 이런 건 같이 가서 인증샷 찍어야죠."

준철은 반강제로 녀석에게 끌려갔다.

그래도 젊은 게 좋긴 좋다. 핸드폰 몇 번 뒤적이더니 지역 명소, 맛집을 다 알아낸다. 여행도 정보력에 따라 감상할 수 있는 스케일이 달라지는 시대인가 보다.

그렇게 두 사람은 한참을 낑낑거리며 사천사에 올랐다.

하지만.

"하아……. 하아……. 뭐야, 여기가 사천사냐?"

"아, 예. 여기가 사천사긴 한데."

"복원 사업 다 끝나 간다며. 다 공사판 천진데."

"그러게요. 팸플릿엔 이미 다 끝난 걸로 나와 있는데."

청주의 자랑, 왕릉산의 상징인 사천사는 절경과는 거리가 먼 모습이었다.

조경 사업은 아직 반도 끝나지 않았으며, 주변엔 시주하러 온 불자보다 외국인 노동자들이 훨씬 더 많았다.

뭐 이런 것까진 이해하고 넘어갈 수 있었지만 준철의 신경을 상당히 거스르는 것도 있었다.

'무슨 복원 공사를 저따위로 하지?'

이게 진짜 문화재 복원이 맞나? 꽤 큰 공사가 진행되는 거 같은데 그 흔한 가림막도 없고, 안전 펜스도 없다.

그나마 복원 공사가 끝난 곳도 분진 가루가 어찌나 휘날리는지, 꼭 최루탄 맞은 것처럼 눈과 목이 따가웠다.

　"좀 실망스럽긴 하네요. 국보 문화재라 해서 기대하고 왔는데."

　"내려가자. 뭐 볼 것도 없네."

　그렇게 하산하려 할 때.

　"제가 얼마나 더 부탁을 드려야 합니까! 여기는 부처님을 모시는 신성한 공간입니다. 담배 노우! 술 노우! 고기 취식 절대, 절대 노우!"

　중년 스님 한 분이 외노자들을 상대로 노발대발 외치고 있었다.

　"$%@$!$ !"

　"뭐라고요?"

　"$%@!#$ !"

　"하아……. 진짜."

　중년의 스님은 한숨을 내쉬며 다시 말했다.

　"스모크, 이거 이거, 담배. 노우. 알콜, 이거 이거 노우, 노우! 그리고 고기, 미트 미트 노우, 절대 노우!"

　외국인 노동자들 또한 이 뜻은 알았지만 할 말이 많은 모양이었다.

　동남아인처럼 보이는 무리는 도리어 더 화를 내며 격렬하게 항의하고 있었다.

공정거래
위원회

서로 말뜻이 통하지 않으니 격한 보디랭귀지가 오가기 시작했고, 작은 몸싸움까지 펼쳐졌다.

"뭐지?"

"인부들이 사찰에서 술 담배 하고 고기까지 먹었나 봐요. 근데 주변에 공사 감독관 없나. 스님하고 싸울 문제가 아닌 것 같은데."

문화재 복원 한번 개판으로 하네.

하지만 신경 쓸 여력이 없었다.

"얼른 내려가자. 괜히 불똥 튈라."

"넵."

그때 중년의 스님 눈에 젊은 사내 둘이 들어왔다. 그는 헐레벌떡 다녀오더니 간절한 목소리로 말했다.

"처사님들, 잠시만 도와주세요."

이에 하산하려던 두 사람의 발이 묶이고 말았다.

"이분들은 문화재 복원 사업에 동원된 인부들인데 자꾸만 사찰의 규칙을 어기고 있어요."

"아……. 예. 근데 저희도 어떻게 도와드릴 수가."

"말 몇 마디만 전해 주십쇼. 아니, 이분들이 무슨 말을 하는지만 저에게 좀 알려 주십쇼."

어지간하면 모른 척하려 했는데, 스님의 다급한 얼굴과 절실한 목소리를 차마 외면할 수 없었다.

준철이 슬쩍 눈짓하자 서 팀장은 핸드폰을 열어 번역기를 틀었다.

"이분들 국적이 어디세요?"

"방글라데시라고 알고 있습니다."

"제가 어떻게 전해 드리면 될까요?"

"이렇게 좀 전해 주십쇼. 여기는 부처님을 모시는 신성한 사찰이다. 술 담배 금지. 고기 취식 절대 금지. 여러 차례 지적했는데 전혀 나아지고 있지 않다."

"그거면 됐……."

"그리고 새벽 예불 드릴 때 분명 공사 안 하기로 하지 않았나! 공사는 9시부터 6시까지. 우리가 사시 예불(아침) 포기할 테니, 새벽-저녁 예불은 방해하지 말아라. 그리고 공사 분진 가루가……."

스님은 아무래도 쌓인 게 많은 모양이었다.

한참을 토로하더니 숨을 헉헉거렸다.

서 팀장은 덩달아 비질 땀을 흘리며 이를 번역해 인부들에게 보여 주었다.

하지만 이쪽 인부들의 반발도 만만치 않았다.

"이분들은 대체 뭐라고 하는 겁니까?"

"에…… 잠시만요."

서 팀장은 이들의 불만 사항을 스님께 전했다.

"보스가 허락한 일이다……."

"예?"

공정거래
위원회

"아마 고용주가 다 해도 된다 말한 것 같은데요. 그리고 자기들 흡연 구역은 사찰밖에 마련되어 있어 사유지가 아니랍니다. 술도 거기서 먹었다네요."

"아니, 지금 그게……. 계속해 주세요. 또 뭐랍니까?"

"새벽 공사, 철야 공사는 자기들이 한 게 아니라 다 위에서 시킨 거랍니다. 이분들도 잔업수당 안 받고 일해서 하기 싫대요. 그리고 업체 측에서 휴식 시간 보장해 주기로 했는데, 공사 기일이 빠듯해 한 번도 안 지켰대요."

"고기는 뭐랍니까? 사찰 안에서 왜 자꾸 고기를 먹어요."

"마지막으로 고기는……."

서 팀장이 주저하자 스님이 휙 하니 핸드폰을 들여다봤다. 이내 그의 얼굴이 붉으락푸르락 변하고 말았다.

–땡중아 네가 공사해 봐라. 고기 안 먹고 일이 되나.

요즘 번역기는 성능이 참 좋아 각국의 비속어를 아주 친절히 잘 번역해 주었다. 이에 이성이 끊긴 스님이 외쳤다.

"오냐, 나 땡중이다! 그런 네들은 불법체류자지? 내일 당장 다 신고 때려 버릴 줄 알아!"

다음 권으로 이어집니다

# 꿈의 도약, 로크에서 하십시오
# (주)로크미디어에서 신인 작가를 모십니다

즐거운 세상, 로크미디어는 꿈을 사랑하고 도전을 두려워하지 않는 작가 분들의 참신한 작품을 기다리고 있습니다. 21세기 장르 문학계를 이끌어 갈 차세대 선두 주자 (주)로크미디어에서 여러분의 나래를 활짝 펴 보시길 바랍니다.

**모집 분야** 판타지와 무협을 포함한 장르 문학
**모집 대상** 아마추어 작가, 인터넷 작가
**모집 기한** 수시 모집
 **작품 접수 시 유의 사항**
  1. 파일명은 작가명_작품명.hwp형식을 갖춰 주십시오.
  1. 파일에 들어갈 내용은 다음과 같습니다.
    ─ 성명(필명인 경우 실명을 밝혀 주세요), 연락처, 이메일 주소.
    ─ 제목, 기획 의도.
    ─ A4 용지 1장 분량의 등장인물 소개.
    ─ A4 용지 2장 분량의 전체 줄거리.
    ─ 본문.
  1. 작품이 인터넷에 연재되고 있다면, 게시판명과 사이트의 구체적이고 정확한 주소를 기재해 주십시오.

선택된 작품은 정식 계약 후 출판물로 간행되어 전국 서점에 유통됩니다.
작가분은 (주)로크미디어의 전폭적인 지원하에 전속 작가로 활동하시게 됩니다.
※ 자세한 내용은 로크미디어 홈페이지(rokmedia.com)를 참조하세요.

**(04167)서울시 마포구 마포대로 45 일진빌딩 6층**
**(주)로크미디어 편집부 신간 기획 담당자 앞**
전화 : 02 − 3273 − 5135
www.rokmedia.com    이메일 : rokmedia@empas.com